저는 왜 이렇게 육아가 힘들까요

정답이 없는 육아, 정답을 찾고 싶은 엄마

저는 왜 이렇게 육아가 힘들까요

마음 에세이

담다

"나 때문인 거 같아. 더 조심했어야 하는데….."

다들 제 탓이 아니라고 했지만, 마음 깊은 곳에서는 자꾸만 제 탓이라는 소리가 들리는 것 같았습니다. 처음 겪어보는 아픔에 '무엇 때문일까' 고민하며 참 힘들어했습니다.

유산 후, 노력했지만 아이가 생기지 않았습니다. 공부라도 하자며 대학원 원서를 준비하던 중에 소중한 첫째가 찾아왔습니다. 예상치 못한 일이라 모든 게 조심스러웠습니다. 이번엔 꼭 건강한 아이를 낳겠다는 마음으로 커피도 마시지 않고 몸에 좋은 음식만 먹으며 지냈습니다. 인기 있는 육아 책들을 찾아 읽고, 육아용품도 사면서 열심히 준비했습니다. 배 속에 있을 때가 좋을 때라는 말을 들으면 괜스레 기분이 나빠지기도 했습니다. 잘할 수 있으리라고 생각했으니까요.

그러나 현실은 머릿속으로 상상했던 육아와 달랐습니다. 천기저귀를 사서 깨끗이 빨아 두었지만 쓰지 못했고, 모유 수유만 하겠다고 다짐했지만 체력은 점점 떨어지고 거울 속 모습을 보면 눈물이 나왔습니다. 자신만만하던 모습은 사라지고, 뭐가 불편해서 우는지 알 수 없는 아이에게 쌓이는 미안한 마음과 끝이 보이지 않는 육아로 힘들기만 했습니다. 그래도 사랑스러운 아이가 조금씩 자라는 모습을 보면서 '어떻게 하면 더 좋은 엄마가 될까?' 고민했고, 친정엄마의 도움으로 버틸 수 있었습니다.

하지만 육아를 온전히 혼자 맡기 시작하면서부터 큰 한계를 느끼기 시작했습니다. 첫째는 동생을 돌보느라 많이 놀아 주지 않는 엄마에게 서운함을 느끼며 고집을 부리기도 했습니다. 두 아이 모두에게 사랑을 충분히 주려고 노력했지만, 제대로 해내지 못한다는 생각에 밤마다 침대에 누워 혼자 눈물을 흘리곤 했습니다. 거기에 코로나19와 친정엄마의 건강 문제로 도움 없이 육아를 하게 되면서 더 힘들어졌습니다.

그렇다고 엄마 역할을 소홀히 할 순 없었습니다.

쏟아지는 육아 정보 속에서 알아야 할 것이 너무 많고, 책임은 대부분 엄마에게 집중되었습니다. 아이의 건강, 교육, 사회성까지 모든 결정이 엄마의 손에 달린 것 같았습니다. 학교나 학원 상담을 할 때마다 어떤 선택이 맞는지, 제가 놓치는 것은 없는지 두려웠습니다. 그러다 보니 작은 일도 큰 문제로 바라보게 되었고, 무슨 일이든 정답을 찾으려고 애썼습니다. 힘들이지 않고 척척 해내는 엄마들을 볼 때마다 저 자신이 한없이 부족하게 느껴졌고, 한 번씩 화를 낼 때마다 나쁜 엄마라고 자책하곤 했습니다.

"넌 엄마가 돼서 애랑 초콜릿 때문에 싸우니?"

그러나 이날 깨달았습니다. 아이를 낳았다고 초콜릿이 싫어지는 건 아니라는 걸요. 갑자기 세상의 모든 것이 부정적으로 느껴졌습니다. 육아 책을 읽어도, 아이의 행동에 관한 영상을 보아도 모든 게 엄마의 행동 때문이라니 세상을 향해 소리치고 싶었습니다.

'왜 모두 엄마 탓을 하는 거야!'

'엄마도 사람이라고!'

'그래, 엄마도 화낼 수 있는 거였어.'

화를 내도 된다는 생각이 들자, 아이들에게 점점 더 쉽게 화를 내기 시작했습니다. 화가 날 때마다 화를 내고, 제 위주로 아이들을 대했습니다. 예전 같으면 그냥 넘어갈 상황도 "똑바로 행동해"라고 한마디하고, 아이의 의견을 무시하기도 했습니다. 그렇게 마음 내키는 대로 육아를 했습니다. 말도 잘 듣는 것 같고 편할 때도 있었지만, 어느새 아이들도 조금씩 화가 늘어나기 시작했습니다. 처음에는 이렇게 하는 게 당연하다고 생각했습니다. 아이들에게 엄격하게 규칙을 가르치고 올바로 행동하게 만드는 게 제 역할이라고 여겼으니까요.

하지만 평소 같으면 화내지 않았을 상황에서 화를 내는 아이들의 모습에 저 자신이 겹쳐 보였습니다. 저도 모르게 내뱉는 말이 점점 무겁게 느껴졌고, 마음 한편에 '이렇게 하는 게 맞을까? 내 행동을 보고 배우는 건 아닐까'라는 의문이 자꾸 떠 올랐습니다. 아이들 눈에 비치는 제 모습이 걱정스러워지고, 점점 더 불안해졌습니다. 육아에 대한 회의감이 깊어지면서 지금까지 해 온 방식이 정말 옳았는지 되

돌아보게 되었습니다.

'그래도 정답은 엄마다.'

한동안 멀리했던 육아 책을 다시 펼쳐보니 글이 새롭게 읽혔습니다. 삐뚤게 바라보며 읽었던 내용이 본래의 따뜻한 의미로 다가왔습니다. 아마도 제가 나쁜 엄마가 되어서 그랬던 걸까요? '엄마도 사람'이라며 행동했던 것들이 잘못이었다고 느껴지니, 책에 담긴 이 문구가 마음에 확 박혔습니다.

엄마로서 선을 넘고 있었다는 생각이 들었습니다. 아이들에게는 엄마가 전부고, 그렇기에 마음대로가 아닌 할 수 있는 만큼 최선을 다해야 하는 건데…. 무조건 맞춰 주는 육아가 아닌, 서로 존중하는 육아를 할 수 있을지 진지하게 고민하기 시작했습니다. 주변 사람들에게 물어보지 않고 스스로 어떻게 육아하는 게 좋을지, 아이들을 어떻게 키우고 싶은지 고민하며 저만의 육아 중심을 잡아 가기 시작했습니다. 육아는 원래 마음대로 되지 않는다는 걸 받아들이고, 부족했던 체력을 기르기 위해 운동도 시작했습니다.

현재를 소중히 생각하고 즐기기로 했습니다. 아이들과 놀 때는 집중해서 이야기를 들어 주고, 진심으로 즐겁게 놀았습니다. 서로 잘못한 부분은 사과하고, 감정을 솔직하게 나누었습니다. 매일 제자리인 것만 같은 하루하루였는데 지나고 보니 애쓴 것이 다 남아 있었습니다. 하루하루 버틴다는 마음으로 육아했지만, 함께 나눈 작은 일상이 모두 소중하고 감사했습니다.

이 책은 지금까지의 경험과 노력의 흔적을 담은 이야기입니다. 아이들을 키우며 자주 자책하고 화를 냈던 고민과 감정을 솔직하게 풀어내고, 엄마로서의 성장과 깨달음을 기록했습니다.

1부에서는 처음 엄마가 되어 느꼈던 기대와 현실 사이의 괴리, 그리고 완벽한 엄마가 되기 위해 애쓰던 시절의 이야기를 다루었습니다. 그 과정에서 겪은 어려움과 좌절, 그리고 조금씩 자라는 아이들을 보며 느꼈던 작은 기쁨들을 담았습니다.

2부에서는 점점 화를 내는 자신을 발견하고 엄마로서 자책하고 후회하는 모습, 그리고 아이들과의 갈등 속에서 고민하는 순간들을 그렸습니다. 아이들에게 사랑을 주고 싶지만, 현실은 그렇지 못했던 날이 많았습니다.

3부에서는 그러한 갈등과 회의 속에서 스스로 질문을 던지며, 육아에 대한 '정답'을 찾으려 했던 여정을 그렸습니다. 아이들을 잘 키우고 싶은 마음과 엄마로서의 부족함 사이에서 흔들리며 진정한 육아의 중심을 찾기 위한 과정이 펼쳐집니다.

4부에서는 결국 육아에 정답이 없다는 사실을 받아들이고 엄마의 역할과 책임을 재발견하는 순간들을 담았습니다. 아이들의 성장을 지켜보는 가운데 서로를 있는 그대로 존중하며 진정한 가족의 모습을 찾아가는 이야기가 이어집니다.

마지막으로 5부에서는 일상에서 아이들과 함께 행복한 하루를 보내기 위해 실천하는 마음가짐과 일상을 공유합니다. 매일매일의 작은 기쁨과 사랑이 쌓여, 어느새 조금씩 서로 맞춰 가는 엄마와 아이들의 모습을 담았습니다.

'육아는 왜 이렇게 힘들까?'

'나만 이렇게 힘든 걸까?'

이런 생각을 자주 했습니다. 혹시 아침이 오는 게 두렵게 느껴진 적이 있나요? 우리는 모두 아이를 '잘' 키우기 위해 최선을 다하지만, 고단한 하루하루를 보내고, 때로는 지쳐서 화를 내기도 합니다. 이 책은 그런 힘든 순간을 덜어내고자 몸부림치던 저의 경험과 고민을 담은 것입니다.

때때로 혼자라고 느낄 때, 이 이야기가 당신에게 혼자가 아니라는 걸 기억하게 해 주면 좋겠습니다. 육아는 누구에게나 쉽지 않지만, 그 과정에서 우리는 함께 성장하고 있습니다. 그리고 이 말을 전하고 싶습니다.

"당신은 이미 충분히 좋은 엄마입니다."

목차

2부 자꾸 화가 났습니다

3부 정답을 찾고 싶은 엄마

4부 정답이 없는 육아

1부
완벽한 엄마를 꿈꿨습니다

'나는 잘할 수 있을 것 같은데….'

스물일곱 살, 요즘으로 치면 일찍 결혼한 편입니다. 그래서 그런지 당시에 아이 생각은 먼 미래에나 있을 일이었습니다. 행복한 신혼 생활을 즐기며 여행도 다니고 둘만의 시간을 보냈습니다. 그러다가 유행하던 노로바이러스에 감염되어 심하게 구토하고 아침 일찍 병원을 찾았습니다. 병원에서는 혹시 입덧은 아닌지 물어봤지만, 그럴 가능성은 없다고 대답했습니다. 며칠이 지나고 몸은 회복되었지만 뭔가 다른 느낌에 산부인과에 가서 검사하고 임신인 것을 확인했습니다. 계획한 것도 준비가 되었던 것도 아니지만 마냥 기뻤습니다. 앞으로 만날 아이에 대해 부푼 기대를 안고 정기 검진을 받으러 병원을 찾았습니다.

"잠시만요. 다시 한번 확인해 볼게요."

초음파 화면 속 아이의 심장은 뛰지 않았고, 믿기지 않지만 유산을 받아들여야 했습니다. 수술 후 펑펑 울며 슬픔에 빠져 지내는 동안 지난 일을 돌아보며 자책하고 힘들어했습니다. 주변 사람들의 위로도 들리지 않았습니다. 계속되는 슬픔 속에서 다시 아이를 가져야겠다고 마음먹고 노력하기 시작했습니다. 하지만 신경을 많이 써서 그런지 아니면 스트레스 때문인지 1년간 아무 소식도 없었고, 매달 혹시나 하는 기다림에 점점 지쳐갔습니다. 집착에서 벗어나고자 새로운 일을 시작하기로 결심했습니다. 대학원 진학을 위해 원서를 준비하면서 아이는 나중에 졸업 후 가져야겠다고 생각했습니다. 그런데 얼마 지나지 않은 그해 겨울, 소중한 첫째가 찾아왔습니다.

비운 줄 알았던 제 마음에 다시 불씨가 타올랐습니다. 이번엔 꼭 건강하게 아이를 낳겠다며 좋아하는 커피도 마시지 않고 건강한 음식만 찾아 먹었습니다. 그리고 태어날 아이를 위해 어떻게 준비해야 할지 고민하기 시작했습니다. 유산 경험이 있었기에 처음엔 불안한 마음이 컸지만, 동시에 궁금하고 기대되는 마음도 있었습니다.

'7주 1일엔 아이가 어떤 모습일까?'

'9주 2일엔 또 얼마큼 자랐을까?'

휴대폰에 태교 앱을 설치하고 예정일을 등록하니, 날짜에 맞는 태아 모습이 그림으로 나타나 자주 들어가 확인했습니다. 아이의 성장을 알아 갈수록 궁금증이 더 커졌고, 자연스럽게 본격적인 육아 공부를 시작하게 되었습니다. 아이의 성장 발달을 다룬 육아 백과사전과 오은영 박사님의 인기 도서들, 그리고 태교와 육아 관련 영상을 보면서 하나씩 배워 갔습니다.

매주 입체 초음파를 찍을 때면 아이의 모습이 더욱더 궁금해졌습니다. 병원에 가기도 전에 검색해서 혼자 예상해 보기도 했습니다.

'와, 날짜에 맞게 잘 크고 있네.'

공부하면 할수록 더 잘 알 수 있을 것 같은 생각이 들면서 불안감이 자신감으로 바뀌었습니다. 육아 준비물도 엑셀 파일로 목록을 정리하며 하나씩 체크하고, 베이비 페어와 쇼핑몰에서 언제 구매하면 되는지 계획하며 차근차근 준비해 나갔습니다. 태동이 느껴지고 점점 배가 불러 걷기 힘들어져도 하나도 힘든 줄 몰랐습니다. 가끔 주변 어른들이 배 속에 있을 때가 행복한 거라며 지나가는 말을 할 때면 '잘할 수 있는데 왜 자꾸 저렇게 얘기하지?'라며 이해 못 한 적도 있었습니다. 귀여운 손수건과 배냇저고리를 깨끗이 씻고 삶아서 다림질까지 한 뒤 예쁘게 차곡차곡 개어 두고는 출산일만 기다렸습니다.

새벽 3시, 진통이 시작되어 자는 남편을 깨워 병원으로 향했습니다. 분만실에 누워 준비하는 동안 진통이 점점 강해지며 참기 힘든 고통이 시작되었습니다. 그 순간, 마음속에 한 가지 고민이 떠올랐습니다.

'무통 주사 없이 낳아 볼까?'

무통 분만의 장단점에 대해 찾아본 적이 있었습니다. 어떤 전문가가 무통 주사를 맞으면 진통이 덜 느껴져 제때 힘을 주기 어려워지고, 그렇게 되면 분만 시간이 길어져 아이가 힘들어질 수 있다고 설명했습니다. 그래서 예정일이 다가올수록 무통 주사를 맞아야 할지 말아야 할지 혼자 고민했는데, 갈수록 참을 수 없는 고통에 결국 간호사를 불러 무통 주사를 놔 달라고 요청했습니다.

"산모님, 마취과 선생님이 7시는 되어야 오실 것 같아요. 조금 기다셔야 할 것 같아요."

순간 좌절했지만, 아이를 위해 무통 없이 낳으라는 운명인가 싶어 침대 가드를 붙잡고 안간힘을 썼습니다. 죽을 것 같은 고통과 함께 시간은 흘러 새벽 6시 2분, 진통 시작 후 3시간 만에 드디어 소중한 아이가 태어났습니다.

"응애, 응애!"

살면서 처음 느껴보는 고통을 지나 아이가 제 가슴 위에 놓이는 순간, 이루 말할 수 없는 감정이 밀려왔습니다. 통통 부은 얼굴을 보는데 이 아이가 내 배 속에 있었다는 사실이 실감 나지 않았습니다. 온몸에 힘이 빠지고 정신도 없었지만, 그럼에도 마음속으로 다짐했습니다.

'죽을 것 같은 고통도 이겨 냈어. 이젠 어떠한 어려움이 와도 내가 널 지켜 줄게.'

조리원에서 많은 엄마를 만났습니다. 처음이라 낯설었는데, 조리원 안에서 초보 엄마들이 모유 수유와 기저귀 가는 법을 연습하고 있었습니다. 저도 간호사의 설명을 들으며 수유를 시도했지만 모유량이 부족했습니다. 아이가 배고플까 봐 미안한 마음에 더 열심히 미역국을 먹었고, 곧 충분한 양이 되어 틈틈이 수유하고 유축하기를 반복했습니다. 모유는 잘 나왔지만, 수유 시간마다 자세가 불편한지 안기만 하면 우는 아이 때문에 답답하고 속상했습니다.

'나는 왜 이렇게 못할까.'

조리원 동기 중에 둘째나 셋째를 낳은 엄마들은 능숙하게 수유도 잘하고 기저귀도 척척 가는데, 저는 모든 게 어렵고 힘들었습니다. 그래도 하루빨리 잘해 내고 싶어 간호사 선생님과 동기 엄마들에게 물어보며 배웠습니다. 곧 조리원 퇴원일이 다가왔고, 저보다 더 아이를 기다렸던 친정 엄마의 도움을 받아 친정에서 몸조리하기로 했습니다. 엄마는 경험도 많고 잘 알 것 같아서 든든했습니다. 그리고 조리원에서 연습한 덕분에 제법 익숙해져서 이제는 해낼 수 있겠다는 생각도 들었습니다.

"애기가 응가했나 보다."

집에 도착하자마자 솔솔 풍기는 응가 냄새에 얼른 천 기저귀를 채웠습니다. 그런데 연달아 쉬를 하는 바람에 준비해 둔 천 기저귀들이 순식간에 빨래 바구니에 가득 찼습니다.

'아, 천 기저귀를 쓰면 안 되겠어.'

다른 방에 두었던 일회용 기저귀를 채우고 나니 배가 고픈지 고개를 획획 돌리며 우는 아이. 수유한 지 30분밖에 되지 않았지만 좀처럼 울음을 그치지 않길래 다시 수유를 시도했습니다. 그러나 울음소리는 더 커졌고 안을 때마다 불편한지 몸을 비틀기 시작했습니다. 그 순간 이 세상의 모든 엄마가 존경스러웠습니다.

'모든 엄마가 이렇게 아이를 키우는 거야?'

하루가 지나기도 전에 막막함이 찾아왔지만, 능숙하게 아기를 안아 달래는 친정엄마 덕분에 수월하게 보낼 수 있었습니다. 혹시나 감기에 걸릴까 봐 온 가족이 붙어서 빠르게 목욕시키고 든든히 수유한 뒤 재웠습니다. 옆에 누워 곤히 잠든 아이를 보니 모성애가 샘솟았습니다. 힘들어도 내일은 더 잘하겠다고 다짐하는 사이 저절로 눈이 감겼습니다.

젖병은 꼭 삶아야지

　친구나 가까운 지인 중에 아기를 낳은 사람이 없었습니다. 출산 준비는 대부분 친정엄마와 함께 했고, 준비물을 사기 위해 육아용품점에 갔습니다. 예전엔 다 기저귀를 빨아서 썼다며 일회용 기저귀는 몸에 좋지 않을 거라는 엄마의 말에 천 기저귀와 대나무 천으로 만든 손수건, 젖병, 그리고 젖병을 삶는 도구들을 샀습니다. 젖병 소독기와 유모차 등 출산 준비물도 많이 받아서 모든 준비가 끝났다고 생각했습니다. 하지만 첫날부터 천 기저귀를 포기하고 일회용 기저귀를 채우고 나니 마음이 조급해지기 시작했습니다.

　'그래도 젖병은 꼭 삶아야지.'

젖병을 쓰고 나면 전용 세제로 깨끗이 씻고 젖병 소독기에 넣어 소독해도 되지만, 왠지 삶아야 할 것 같았습니다. 물을 펄펄 끓여 실리콘 꼭지부터 젖병과 뚜껑까지 열탕 소독을 해야 제대로 한 것 같았습니다. 꼭 필요한 일이라고 생각했습니다. 내복과 손수건도 깨끗이 삶아 널었습니다.

'아, 힘들긴 힘들다.'
'그래도 해야지.'

몸조리하는 동안 엄마가 많이 도와주셨습니다. 밥이며 아이 기저귀며 함께 육아를 했습니다. 가족 모두 처음이라 힘들었지만, 엄마와 이야기해 보면 힘들어도 당연히 해야 하는 일들이라 그렇게 받아들이고 하나하나 배워 나갔습니다. 시간이 날 때마다 임신 기간에 읽었던 육아서를 다시 꺼내 아이의 개월 수와 발달에 관해 읽고, 이맘때는 뭐가 필요한지 체크했습니다. 정보는 많았고 모든 걸 적용하려고 애썼습니다.

예방 접종을 하러 갈 때는 아이가 잠시라도 병원에서 기다리지 않게 하려고 새벽에 미리 가서 줄을 서고, 번호표를 받아 첫 번째로 진료를 보았습니다. 조금이라도 이상하면 병원부터 달려갔습니다. 하루는 아이의 몸이 뜨겁게 느껴져서 체온계를 꺼내 열을 쟀습니다.

"큰일 났어! 아기 체온이 37.6도야!"

태어나서 처음 본 숫자에 깜짝 놀라 남편에게 연락한 뒤 친정 부모님과 함께 급하게 병원으로 향했습니다. 왜 그런지 모를 미안함에 눈물이 났습니다. 남편도 급하게 일을 마무리하고 병원으로 왔습니다. 의사 선생님은 이 정도 열은 해열제 먹을 정도도 아니고, 진료해 보니 약간 감기 기운이 있는 것 같다며 방에 온습도 조절을 잘해 주라고 했습니다.

"추울까 봐 보일러를 너무 세게 틀었더니 방이 건조했나 봐."

얼른 온습도계를 사 와서 방 온도를 낮추고 가습기를 틀었습니다. 약을 처음 먹이는데, 얼마나 우는지…. 마음이 아프고 힘도 들어서 다음번 약 먹이는 시간이 두려워졌습니다.

'나 때문에….'

아이가 아픈 것이 저 때문이란 생각이 들었습니다. 방 온도, 습도 하나 제대로 조절 못 해서 힘들게 만든 것 같았습니다. 그날 밤 신경을 쓴 탓인지 다음 날 감기 기운이 올라왔습니다. 가족들은 약을 먹으라고 했지만, 혹시라도 모유 수유 중인 아이에게 좋지 않을까 봐 따뜻한 차만 수시로 마시며 낫길 기다렸습니다. 마스크를 끼고 목에 손수건을 두르고 으슬으슬한 몸으로 하루 이틀 견뎠습니다. 그래도 쉽게 낫지 않아 결국 병원에 가서 수유 중에 먹어도 괜찮은 감기약을 처방받았습니다. 고민하다가 약을 먹었지만, 종일 마음이 불편했습니다.

'앞으로는 절대로 아프면 안 되겠다.'

'왜 죽고 싶은 생각이 드는지 알 것 같아.'

　뉴스에 한 번씩 나오는 산후 우울증에 관한 기사를 보면서 아이를 낳기 전엔 정말 이해할 수 없었던 일들이 이해되기 시작했습니다. 평소엔 잠귀가 어두워 머리만 대면 바로 잠들던 사람이 아이를 낳은 후에는 잠도 제대로 못 자고, 잠들어도 아이의 '응애' 하는 작은 소리에 눈이 번쩍 뜨였습니다. 이렇게 잠귀가 밝았나 싶을 정도로 곧바로 반응하며 일어났습니다. 품 안에서 잠든 아이를 살며시 눕히고 화장실에 가려고 방만 나서면 터지는 아이의 울음소리에 급한 용변을 참으며 아이를 달래러 다시 방으로 가곤 했습니다.

　'엄마 여기 있어.'

아이를 잠시 안아 주면 다시 진정되는 모습을 보며 제가 이 아이에게 꼭 필요한 존재라는 사실을 느끼면서도, 현실적으로는 화장실조차 마음대로 갈 수 없다는 생각에 좌절감이 밀려왔습니다. 거울에 비친 제 모습은 가족에게도 보여 주기 부끄러울 만큼 지쳐 보였고, 불어난 체중과 매일 입고 있는 수유 티셔츠는 편하긴 했지만 '내 몸이 언제 다시 돌아올까?'라는 생각을 하게끔 만들었습니다. 날씬했던 몸은 임신과 함께 20kg이나 불었고 출산 후에도 15kg이 그대로 남아 있었습니다.

그래도 부모님의 도움으로 하루하루 잘 해내고 있었습니다. 육아로 힘들어하는 모습이 보이면 남편과 잠시 나갔다 오라며 기분 전환할 시간을 주는 엄마 아빠 덕분에 잠시 육아를 잊고 영화를 보거나 좋아하는 음식을 먹고 오기도 했습니다. 남편이 장거리 출장이라도 가는 날에는 온전히 혼자서 아이를 돌보는 것이 두려워서 한 차 가득 짐을 챙겨 친정으로 가는 일이 많았습니다. 힘들다고 하면 무조건 도와주시는 부모님을 그때는 당연하게 생각했습니다. 힘들어도 아이와 단둘이 하루를 보낸다는 건 상상할 수 없을 정도로 걱정스러운 일이었습니다.

'세상에 이렇게 힘든 일이 있을 줄이야.'

출산의 고통이 가장 힘들 줄 알았는데, 막상 육아를 시작해 보니 키우는 게 더 어렵고 끝이 보이지 않았습니다. 엄마에게 언제까지 육아해야 하는지 막막하다고 하소연하면, 엄마는 웃으며 말했습니다.

"엄마는 아직도 너 육아 중이야."

엄마의 말에 나 자신을 잠시 돌아보았지만, 그래도 힘들 때는 엄마를 찾았습니다. 당시 미혼이던 오빠도 조카를 많이 예뻐해 주었고, 온 가족이 아이에게 집중하며 아이 위주로 맞추어 주었습니다. 아이가 한번 웃어 주거나 옹알이하기만 해도 모두가 행복해했습니다. 저를 닮고 남편을 닮은 아이와 그 아이를 사랑해 주는 가족이 있어 힘든 순간이 찾아와도 금방 회복하며 다시 힘을 낼 수 있었습니다.

"마음아, 아이 키우는 거 진짜 힘들지?"
"진짜 힘들긴 한데, 진짜 너무 행복해."

친구들이 육아 힘들지 않냐고 물어보면, 진짜로 힘들지

만 이런 행복은 처음이라며 너무 소중하다고 말하곤 했습니다. 아이를 낳고 나니 세상 모든 아이가 소중하다는 걸 깨달았습니다. 식당에서 아이 울음소리에 인상을 찌푸리고 윗집 아이들이 조금만 쿵쾅거리며 걸어도 예민하게 반응했던 상황들이 떠올랐습니다. 이젠 우는 것도 귀여워 괜히 울려 보고, 한번 웃겨 보겠다며 앞에서 간질간질도 하고 애교도 부렸습니다. 이럴 거라곤 생각지도 못했던 엄마의 길로 열심히 가고 있었습니다. 참 낳길 잘했다고, 우리 아기 보라고 남편에게 자주 이야기하다 보니 제 관심사와 대화 주제는 대부분 사랑스러운 우리 아이였습니다.

그렇게 아이가 조금씩 자라면서 임신 전에 계획했던 대학원 진학을 다시 준비했고 합격했습니다. 아이를 부모님에게 맡기고 운전하며 수업을 들으러 가는 길이 어찌나 상쾌하고 즐겁던지, 사는 게 참 행복했습니다. 집에는 사랑하는 가족과 아이가 있고 나는 나의 일을 위해 새로운 것을 배우는 현재의 모든 것이 만족스러웠습니다.

'나, 참 잘하고 있는 거 같아.'

사실 주변의 도움 덕분에 이렇게 완벽한 하루하루가 만

들어지고 있었지만, 저는 나름대로 육아도 하고 공부도 하고 있다며 스스로 뿌듯해했습니다.

아이와의 소중한 순간을 하나하나 채워 가며 동시에 저의 꿈을 이루기 위해 노력하는 모습이 자랑스러웠습니다. 엄마로서, 학생으로서, 그리고 한 사람으로서 조금씩 성장해 가는 과정을 통해 진정한 행복을 느끼고 있었습니다.

'멋진 엄마가 되어야지.'

　서른 살, 주변에 결혼하지 않은 친구가 더 많다 보니 육아 정보를 책이나 인터넷, TV로만 얻었습니다. 육아에 대한 고민을 상담할 곳은 친정엄마와 남편뿐이었습니다.

　"엄마, 현이가 어젯밤에 우는데 아무리 달래도 안 달래지더라고. 어디 아픈가."
　"뭘 잘못 먹었나? 병원에 같이 가 보자."

　어려운 상황이 생길 때마다 엄마를 부르고, 병원에 가서 의사 선생님에게 진료를 받았습니다. 대부분 성장 과정에서 흔하게 일어나는 일이었습니다. 남편에게 아이에 관해 물어보거나 고민을 나누려 하면 저보다 더 몰랐고, 그럴수록 책이나 영상으로라도 공부해야겠다는 생각이 들었습니다.

"이 책에서는 지금이 원더윅스라서 그렇대."
"오은영 박사님이 아이를 딱 붙잡고 말해야 한대."

육아 도움을 받기 위해 책과 영상에 나와 있는 개월 수를 찾아 맞춰 보기 시작했습니다. 제때 맞춰 성장하고 있는 것도 있고 아닌 것도 있었습니다.

"왜 아직 이가 안 나오지?"

이가 생각보다 늦게 올라오자 마음이 조급해졌습니다. 친정엄마는 괜찮다고 아이마다 조금씩 다르다고 했지만, 치과 진료를 보고 괜찮다는 말을 듣고서야 마음이 놓였습니다. 조금만 정보와 맞지 않아도 불쑥불쑥 떠오르는 걱정에, 누군가에게 확인받거나 찾아보지 않으면 안 될 것 같았습니다. 이유식을 만들 때도 날짜만 되면 이유식 밥 굵기를 바꿨고, 우리 아이에게 맞는지 아닌지도 모른 채 날짜를 세며 맞추기만 했습니다.

'연락이 왜 이렇게 안 돼? 전화 좀 받아.'

전화를 받거나 문자를 확인하려고 휴대폰을 보면, 아이가 어느새 다가와 전화기를 보려 했습니다. 그래서 무음으로 해 놓고 저녁에 확인하다 보니 언제나 사람들과 연락은 뒷전이 되었습니다. 드라마를 좋아했지만 TV도 틀지 않았고, 집이 너무 조용한 것 같으면 CD로 음악을 들으며 아이와 함께 율동하면서 보냈습니다. 함께 책을 읽고, 동네 놀이터에 나가 실컷 놀며 땀을 흘리고 돌아와 씻을 때는 물감과 거품을 이용해 목욕 놀이도 했습니다. 즐거워하는 모습에 기뻐하며 아이의 마음을 조금이라도 더 알아주려고 했습니다.

하지만 커 갈수록 아이는 고집이 세지기 시작했고, 반대로 저는 점점 참아야 했습니다. 너무 힘들어 저도 모르게 짜증이라도 낸 날이면, 이런 제 모습이 최악인 것 같아 미안함에 눈물이 흘렀습니다. 품에 안겨 곤히 자는 아이의 머리를 넘길 때마다 죄책감이 쌓여 갔습니다.

'열심히 자라고 있는데 왜 짜증을 냈는지…. 너무 미안해.'

매주 챙겨 보던 방송 프로그램 〈금쪽같은 내 새끼〉를 틀었습니다. 방송을 볼 때마다 출연한 금쪽이뿐 아니라 부모에게서도 비슷한 문제가 보였습니다. 남들이 보면 보이는 문제들의 공통점. 특히 부모 행동의 중요성과 그 행동이 아이들에게 미치는 영향이 크다는 사실이 눈에 띄었습니다. 엄마가 어떻게 행동하는지에 따라 아이가 다르게 자란다는 사실이 눈으로 느껴졌습니다.

'와, 다른 엄마들은 이렇게도 하는구나.'

다른 사람들은 어떻게 아이를 키우고 있을지 궁금해서 들어간 온라인 세상 속에는 이상적인 '좋은 엄마'가 너무 많았습니다. 조금만 검색해도 생각지 못한 다양한 놀이 방법과 아이의 마음을 척척 알아주면서 키우는 사람들이 보였습니다. 그 모습을 보며 오후에 아이가 고집을 부렸을 때 화를 내던 제 모습이 또 떠올랐습니다. 저만 나쁜 엄마가 된 것 같았습니다.

'내일은 정말로 아이의 마음을 잘 이해해 주고, 화내지 말아야지.'

"엄마, 나 둘째 생겼어."

둘째를 임신하면서 당연히 엄마가 도와주실 거라고 생각
했습니다. 출산 후 조리원에서 퇴원하자마자 첫째 때처럼
친정에서 몸조리했고, 엄마는 아이 돌보는 걸 많이 도와주
셨습니다. 한 달간의 몸조리 후에도 엄마는 자주 우리 집에
와서 도와주셨습니다. 덕분에 첫째와도 잠깐씩 시간을 보
낼 수 있었고, 둘이 동시에 울어서 어떻게 해야 할지 모를
때도 엄마가 있어서 잘 감당할 수 있었습니다.

그해 겨울, 첫째가 기침을 심하게 했습니다. 첫째의 건강
도 걱정이지만, 생후 100일 정도 된 둘째에게 옮을까 봐 걱
정이었습니다. 온 가족이 마스크를 쓰고 생활했고 결국 첫

째는 증상이 심해져 폐렴으로 입원해야 했습니다. 태어나서 처음 병원에 입원한 첫째는 엄마가 없으면 무섭다고 울었고, 저는 모유 수유 중인 둘째를 친정엄마에게 맡기고 병원에 머물렀습니다.

"서현이가 젖병도 안 물려고 하고 너무 많이 우는데 어떡하지?"

둘째가 젖병을 거부하고 아무것도 먹지 않는다는 엄마의 전화에 마음이 무너졌습니다. 급히 첫째를 남편에게 맡기고 집으로 돌아가 깨끗이 씻은 후 둘째에게 수유하고 다시 병원으로 향했습니다. 이렇게 첫째를 돌보다가 수유 시간이 되면 집에 가서 옷을 갈아입고 수유하고 다시 병원으로 오는 일을 새벽에도 알람을 맞춰 가며 반복했습니다. 그래도 이런 상황에서 둘째를 믿고 맡길 수 있는 엄마가 있어서 정말 다행이었습니다.

"엄마가 오늘은 몸이 안 좋아서 못 도와줄 것 같아."

엄마도 무리했는지 하루는 몸이 안 좋다고 했습니다. 며칠 쉬면 나아질 줄 알았는데, 이후로도 계속 힘들어했습니다.

'갱년기가 온 걸까? 몸도 화끈거린다고 그러고, 많이 힘드신가 보다.'

엄마에 대한 걱정과 동시에 제 상황에 대한 막막함이 밀려왔습니다. 금방 나아져 다시 도와줄 거라고 생각하며 버텼는데, 이제부터는 혼자서 모든 걸 감당해야 한다고 생각하니 덜컥 겁이 났습니다. 당연히 제가 해야 하는 일임에도 불구하고, 그동안 엄마에게 많이 기대어 아이들을 키우고 있었다는 것을 깨달았습니다.

'엄마 도움 없이 아이들을 어떻게 돌보지?'
'그래, 원래부터 내가 해야 하는 일이었는데 그동안 많이 기댄 거 같아.'

나 홀로 육아는 힘들게 제자리를 찾아가기 시작했습니다. 둘째가 돌이 되기도 전에 시작된 코로나19 때문에 밖에 나가기도 힘들어졌습니다. 첫째가 다니는 유치원은 휴원이 잦아 집에 있을 때가 많았고, 등원하는 날에는 코로나19 검사를 하기 싫다며 우는 아이의 코를 푹 찌르고 보냈습니다.

열이 조금만 나도 두 아이를 격리하듯이 분리해야 하니, 코로나19 상황이 육아를 더 어렵게 만들었습니다. 점점 웃음이 사라졌고, 늘 깨끗했던 집은 엉망이 되었습니다. 거실은 온갖 장난감으로 난장판이고, 급하게 등원하느라 아무렇게나 벗어 놓은 아이 내복은 허물처럼 바닥에 널브러져 있었습니다. 냉장고에는 유통기한이 지난 재료가 쌓여 가고, 요리에 자신이 없는 저는 냉동식품을 사서 채웠습니다. 싱크대에는 그릇이 쌓이고, 겨우 설거지를 하려고 하면 아이들이 놀아 달라고 졸랐습니다.

"엄마 이거 얼른 하고 놀아 줄 테니까 울지 말고 조금만 기다려 줘."

누군가를 쉽게 만나지도 못했습니다. 코로나19가 점점 심해져 가족도 만나기 힘들었고, 조금이라도 의심 증상이 있으면 격리해야 했습니다. 동네에서 함께 육아하던 엄마들도 만날 수 없었습니다. 언제 끝날지 모르는 팬데믹 속에서 다들 버티는 상황이라 저만 힘든 것도 아니었지만, 그전까지 엄마와 주변 사람들에게 많이 도움받았던 육아를 혼자 감당해야 한다는 사실에 현실을 외면하고 싶은 마음도 있었습니다.

'아니야, 자꾸 힘들다고 생각하지 말자.'
'이제라도 내 힘으로 해 보자.'

많이 의지하던 생활에서 벗어나 앞으로는 독립적으로 살아 보자고 다짐했습니다. 뭐든지 스스로 해내려고 먼저 시도해 보기로 했습니다. 아이들이 있어도 집에서 해야 할 일, 특히 집안일을 그때그때 쉬지 않고 했고, 육퇴 후 맥주 한 캔 마시던 것도 멈추고 그 시간에 거실을 정리했습니다. 엄마가 매번 채워 주던 냉장고는 아이들이 먹을 수 있는 것으로 채웠습니다. 레시피를 찾아서 연구하고, 다음 날 장을 봐서 음식을 만들었습니다. 하나하나 책과 인터넷에서 정보를 찾아 만들다 보니 요리 솜씨도 늘고 아이들도 잘 먹었습니다. 언제 다 치울까 싶었던 거실도 이제는 30분만 움직이면 금방 정리되었습니다.

'그동안 안 해서 하지 못한다고 생각했던 거구나. 그냥 하면 되는 거였어.'

혼자서는 할 수 없을 거라고 생각했던 육아지만, 시간이 갈수록 익숙해지면서 힘들어도 조금씩 자신감이 생겼습니다. 점점 제 방식대로 하루하루를 보내다 보니, 제가 잘하면 아이들도 다 잘될 것 같다는 생각이 들어 육아 책을 사서 읽기 시작했습니다. 다양한 육아 정보를 모으는 데 집중하며 더 나은 엄마가 되기 위해 노력했습니다.

"어머니, 죄송한데 도장에서 사고가 있었습니다."

어느 날 오후, 첫째 아이의 검도학원에서 전화가 왔습니다. 친구가 실수로 밀어서 아이 팔이 조금 다쳤다고 했습니다. 도장에서 소독하고 밴드를 붙여서 괜찮을 거라고 했지만, 집에 돌아와 보니 상처가 생각보다 컸습니다. 약국에서 메디폼을 붙이면 될 거라고 해서 그렇게 했지만, 다음 날 아침 옷을 갈아입히다가 피가 많이 흘러 있는 것을 보고 깜짝 놀라 병원으로 데려갔습니다.

"왜 어제 바로 안 왔어요? 애 팔에 흉 지겠네."

의사 선생님은 꿰매야 하는 상처라며 마취 없이 세 바늘을 꿰맸고, 힘들어하는 아이를 보니 너무나 미안했습니다. 저의 잘못된 판단으로 아이 팔에 흉이 생긴 것 같아 계속 마음에 걸렸습니다.

그맘때, 아이의 수학학원을 알아보면서도 비슷한 경험을 했습니다. 이제 슬슬 알아보면 되겠지 생각하고 전화를 걸어 수업 상담을 받았습니다. 평소 유치원에서도 수학을 제일 잘하고 있다는 말을 들었기 때문에 더 걱정하지 않았던 것 같습니다. 하지만 학원 원장님의 말은 달랐습니다.

"어머니, 지금 좀 늦었어요. 얼른 학원에 와서 테스트부터 받으세요."
"네? 이제 일곱 살인데 늦었다고요?"

늦었다는 말에 갑자기 당황했습니다. 얼른 테스트받아야 한다는 단호한 말에 겁이 나서 아이를 데리고 학원으로 갔습니다. 당연히 이런 종류의 시험을 쳐 본 적 없는 아이는 높은 성적을 받지 못했고, 따라가려면 이번 주부터 바로 수업을 들어야 한다는 말을 뒤로하고 집으로 돌아왔습니다. 다른 학원에도 전화해 보니 늦은 건 아니지만 이미 많은 아이가 일찍부터 준비하고 있다는 것을 알게 되었습니다.

전화를 끊고 나니 마음이 무거워졌습니다.

'아, 내가 너무 준비를 안 하고 있었나 보다.'

아이의 발달에 맞춰 잘하고 있다고 생각했던 제 모습이 한없이 부족하게 느껴졌습니다. 병원에 늦게 가서 아이 팔에 흉터가 생긴 것처럼 제가 몰라서 학원에서도 늦었다는 말을 들은 것만 같았습니다.

'엄마 역할이 단순히 밥 먹이고, 재우고, 입히는 게 전부가 아니구나.'
'엄마는 의사도 되어야 하고, 학원 선생님처럼 공부 계획도 잘 세워야 하는 건데.'

연달아 '늦었다'라는 말을 듣고 나니 저 자신에 대한 의구심이 커져 갔습니다.

'아이들에게 필요한 걸 잘 해내고 있는 걸까?'
'알아야 할 게 너무 많아.'

"엄마가 아이 말을 너무 많이 들어 준 거 같아요. 대답 많이 하지 마세요."

"네?"

첫째가 다니는 미술학원에 둘째와 함께 가서 마칠 때까지 기다리곤 했습니다. 어느새 둘째가 학원에 다닐 수 있는 나이가 되자 선생님이 체험 수업을 권했습니다. 한번 해보자며 들어간 교실에서 간단히 수업을 마치고 나오는 둘째의 얼굴이 밝았기에 선생님의 얘기가 너무 충격적이었습니다.

"그게 무슨 말씀이시죠?"

아이가 수업 도중에 질문을 너무 많이 했다는 이야기였습니다. 다양한 미술 도구와 재료를 보면서 궁금한 것을 자꾸 물어본 것입니다. 그런데 선생님은 제가 평소에 아이의 질문에 많이 대답해 주다 보니 불필요한 질문까지 자꾸 하게 된 것 같다고 말했습니다. 그 말을 들으니 순간 화가 났습니다. 이제 겨우 네 살 된 아이가 궁금한 것 많고 질문 많은 건 당연한 일인데 왜 그게 문제라는 건지 생각하며 집으로 돌아왔습니다.

　찬찬히 아이를 지켜보니, 늘 그랬듯이 저에게 질문하기 시작했습니다. 평소 같으면 바로 대답해 주었을 텐데 일부러 대답을 미루며 너무 많이 질문하면 안 된다고, 한 번만 질문하라고 말했습니다. 둘째는 궁금한 것도 많고, 자신이 이해할 수 있는 대답을 들을 때까지 질문하는 아이였습니다. 정확히 답을 해 주면 한 번만 물어보지만, 그렇지 않으면 같은 질문을 계속했습니다.

　"선생님이랑 수업 어땠어?"
　"처음 보는 게 많았어. 재미있었어. 근데 선생님이 자꾸 기다리래."

크레파스, 파스텔, 물감, 붓 등 신기한 그림 재료와 도구들을 보고 '이건 뭐예요? 이건 무슨 색이에요? 이건 어떻게 쓰는 거예요?'라고 자꾸 물어보자 선생님이 기다리라고 했다는 것입니다. 어떤 상황인지 상상이 갔습니다. 처음에는 화가 났지만, 곰곰이 생각해 보니 선생님의 얘기도 무슨 의미인지 이해되었습니다. 그래서 아이에게 다른 사람이 말할 때는 궁금하다고 바로바로 질문하지 말고 조금 기다려 주어야 한다고 설명했습니다.

'둘째는 왜 질문이 많아졌을까?'

첫째를 키울 때는 천천히 이야기를 들어 주고 기다려 주는 시간이 많았습니다. 항상 책을 읽고 다양한 주제에 관해 이야기 나누며 궁금한 게 없냐고 물어보곤 했습니다. 하지만 돌아보니 둘째에게는 그럴 시간이 없었습니다. 집안일에 쫓겨 조급한 마음에 얼른 대답해 주고, 아이가 엄마를 부르면 "조금만 기다려"라고 말하며 저녁을 준비하곤 했습니다.

바쁜 일상에서도 둘째에게 대답을 잘해 주고 있다고 생각했는데, 실은 제대로 들어 주지 못해 아이가 틈만 나면 질문하고 이야기하려고 했던 것 같았습니다. 하고 싶은 말이 많은데 충분히 들어 주지 않으니 더 자주 물어보고 싶었던 거겠죠. 그래서 다시 마음을 다잡았습니다. 앞으로는 아이들이 오기 전에 모든 집안일을 끝내고, 집에 오면 꼭 이야기를 열심히 들어 주자고. 하지만 하루 이틀 지나자 또다시 바쁜 일상에 묻혀 버리고 말았습니다. 매일 반복되는 상황에 한계를 느꼈습니다.

'진짜 몸이 두 개면 좋겠다.'

정말로 몸이 두 개라면 조금 더 여유롭고 좋은 엄마가 될 수 있지 않을까 하는 생각이 들었습니다. 하나는 첫째에게 집중하고, 또 다른 하나는 둘째에게 온전히 시간을 쏟을 수 있을 테니까요. 가끔 어떤 날은 한 아이에게 더 신경을 쓰지 못한 것 같아서 마음이 아팠습니다.

'내가 어떻게 해야 두 아이에게 좋은 엄마가 될 수 있을까?'

2부
자꾸 화가 났습니다

"현아, 초콜릿 하나만 먹을게."
"안 돼! 내 거야! 손대지 마!"

하원 후 놀이터에 가기 전에 산 ABC 초콜릿. 평소에 '엄마 하나만' 하면 '안 돼, 내가 다 먹을 거야'라며 쪼르르 도망가는 아들. 맛있게 먹는 모습이 예뻐서 매번 웃어넘기곤 했습니다. 먹는 것만 봐도 배부르다는 말이 와닿는 일상이었습니다.

놀이터에서 아이와 잡기 놀이도 하고 그네도 밀어 줬습니다. 구름사다리를 끝까지 해 보고 싶으니 도와 달라는 말에 수십 번을 허리 숙이고 왔다 갔다 하며 잡아 줬습니다.

'아, 힘없어.'

먹은 것이라고는 샐러드뿐인데 종일 바빴습니다. 하원 시간을 못 맞출까 봐 숨 가쁘게 달려왔고 그 상태로 놀이 터에서 한 시간 정도 놀아 주느라 체력이 바닥났습니다. 시 원한 맥주 생각이 간절했지만 당장 너무 배가 고픈 탓에 아 까 샀던 초콜릿이 눈에 들어왔습니다. 딱 한 개만 먹고 싶 었는데 아이가 안 된다며 소리를 지르니 순간 섭섭함과 동 시에 화가 났습니다.

"넌 어떻게 엄마가 배고파서 하나만 먹자는데 안 줄 수가 있어! 뭐든지 혼자 먹기만 하고 나눠 먹을 생각을 안 해!"

분명 나눠 줄 때도 많았는데 그런 일들은 하나도 생각나 지 않았습니다.

"엄마, 미안해. 장난이었어. 자, 여기. 같이 먹자."
"됐어, 너 혼자 다 먹어."

아이의 사과에도 화를 내며 먼저 집 쪽으로 걸어가니, 아 이가 울상을 한 채로 뒤따라왔습니다. 아이 저녁을 준비하며 친한 친구에게 전화를 걸었습니다.

"진짜로 아까 너무 배고팠는데 초콜릿 하나를 안 주더라. 얼마나 화가 나던지."
"맞아, 맞아! 나도 얼마 전에 먹을 거 때문에 진심으로 화 난 적 있어!"

친구도 얼마 전에 같은 일을 겪었다며 자신도 화가 났다고 했습니다. 마침 친정엄마가 집에 놀러 왔고 함께 저녁을 먹으며 오후에 초콜릿 때문에 있었던 일을 이야기했습니다.

"엄마, 내가 너무 배고팠는데 글쎄 하나도 안 주길래 너무 화가 나더라고."
"아니, 넌 그런 걸로 애한테 화를 내면 어떡해. 그러게 평소 밥 잘 챙겨 먹으라니까 안 먹더니."

엄마의 대답에 말문이 막혔습니다. 밥을 제대로 안 챙겨 먹은 걸로 혼나고 대화가 끝나 버렸습니다. 억울하기도 하고, 엄마는 어떻게 그렇게 말할 수 있나 싶어 속상했습니다. 그날 밤 누워서 생각했습니다.

'아까 엄마 말에 왜 그렇게 속상했을까? 내가 엄마가 됐다고 입맛이 바뀐 것도 아닌데. 나도 여전히 초콜릿을 좋아하는데, 왜 엄마가 되고 나선 달라는 말조차 쉽게 꺼내면 안 될까?'

생각해 보니 엄마는 저에게 '하나만 달라'고 한 적이 거의 없었습니다. 그러니 엄마 입장에서는 그렇게 말하는 게 당연하게 느껴졌을지 모르지만, 그 순간 저는 혼란스러웠습니다.

'그래. 엄마가 됐다고 내가 본질적으로 달라진 건 아닌데, 왜 모든 걸 아이 위주로 해야 한다고 생각했지?'

한순간의 억울함에서 시작된 이 마음을 다시 살펴보면서 저도 여전히 좋아하는 게 있는 사람이란 걸 알게 되었습니다. 아이에게 제 생각을 말해도 되고, 화날 만한 상황이면 그것을 표현해도 된다는 걸 전혀 생각하지 못했던 것입니다. 무조건 아이에게 화내면 안 되고, 모든 걸 좋은 말로 설명해야 한다고 생각했습니다. 하지만 그러기 어려운 상황에서도 억지로 참다 보니, 점점 화만 쌓인 것입니다.

'화날 땐 화나는 게 당연한 건데.'

희미하게 뭔가를 알아낸 것 같았습니다. 하지만 그때는 몰랐습니다. 이것이 저를 또 힘들게 할 것이라는 걸요.

"여보, 우리 둘째 가질까?"

처음엔 무조건 하나만 키우자 했는데, 아이가 너무 예쁘다 보니 둘이면 더 예쁘겠다는 생각이 들기 시작했습니다. 저는 계속 둘째를 기다렸던 것 같습니다. 기다림에 화답하듯이 둘째가 곧 찾아왔고, 예쁜 공주님이 태어났습니다. 그런데 둘째를 키우면서부터 화낼 일이 더 자주 생겼습니다. 아이들의 행동을 이해하기 힘들었고, 큰아이와 둘째 사이에서 어떻게 해야 할지 몰랐습니다.

'왜 둘을 낳아서 둘 다 만족시키지 못할까.'

낮에는 화내고, 밤에는 반성하고 자책하는 일상을 반복

하다 보니 해결되지 않는 문제로 나날이 힘들어만 갔습니다. 아이들은 똑같이 엄마를 원했고, 누구 하나 먼저 이야기를 들어 주었다가는 나머지 하나가 삐지기 일쑤였습니다. 자세히 지켜보면 아이들 모두 생각이 다른 것뿐이지만, 서로를 이해하기엔 아직 어렸습니다.

"언제까지 똑같은 말을 해야 해!"
"모르겠다, 너희 하고 싶은 대로 해."

매일 똑같은 설명을 하고 똑같이 대했지만, 매일 똑같이 싸우고 화내는 나날들. 어쩔 땐 너무 힘들어서 갑자기 터진 눈물에 울면서 밥을 하고 집 안 정리를 하기도 했습니다. 그러다가 일시적인 해결책으로 맥주를 마시기 시작했습니다. 시원한 맥주 한 캔을 들이켜면 긴장이 풀리고 마음도 넓어져, 아이들이 무얼 하든 놔두었습니다. 그렇게 하지 않으면 결국 수시로 화를 내는 나 자신을 원망하며 저녁에 미안함의 눈물을 흘리곤 했으니까요.

'너무 힘들다. 울고 싶어, 정말.'

이유 없이 눈물이 나기 시작해도 밀려 있는 일 때문에 마음껏 울 여유조차 없었습니다. 특히 둘째가 잠귀가 밝고 예민해 자다가 옆에 엄마가 없으면 금방 깨서, 새벽에 뭘 해보려다가도 '엥' 우는 소리에 얼른 달려가 아이를 안아서 다시 재웠습니다. 그러기를 반복하다 보면 제대로 잔 것도 안 잔 것도 아닌 밤이 많았습니다. 밤 11시가 되도록 잠잘 생각을 하지 않는 에너지 넘치는 아이들이 점점 더 힘들게 느껴졌습니다. 화를 내지 않으려 해도 밤이 되면 결국 화를 내고야 마는 저 자신을 보며 점점 지쳐갔습니다.

"엄마 지금 너무 피곤하고 힘들어서 얼른 자고 싶은데."

아이들에게 좋게 말하면서 얼른 잠자리로 가길 기대했지만, 아이들은 그냥 하는 말로 들리는지 계속 놀았습니다. 그 모습에 화가 부글부글 끓어오르고, 결국 또 화를 냈습니다.

"엄마도 좀 쉬자! 언제까지 자자고 말해야 해!"

"화 잘 안내시죠?"

주변 엄마들에게 종종 듣곤 했습니다. 화를 잘 내지 않을 것 같다고요. 즐겁게 놀아 주는 엄마, 그리고 엄마와 함께하는 시간이 제일 재미있다고 생각하는 아이들. 그런데 가끔 아이들과 장난치다 보면 장난이 과할 때가 있습니다. 아이들을 간질이기도 하고 깔깔 웃으며 뽀뽀도 하며 재미있게 놀다가도, 아이들이 저를 간질일 땐 그 정신없고 과한 공격에 화를 내곤 했습니다.

그날도 비슷한 일이 벌어졌습니다. 밤 9시, 불을 다 끄고 방으로 들어가 누워서 서로의 하루를 물었습니다.
"오늘 하루 어땠어?"

"학교에서 쉬는 시간에는 어떤 놀이 했어?"
"유치원은 재미있었어?"
"밥은 맛있었어?"
"엄마는 오늘 뭐 했어?"
"엄마는 뭐 먹었어?"

셋이 눕기에는 좁은 침대이지만 양팔에 하나씩 꼭 안고 누우면 온 세상이 꽉 찬 것처럼 너무 편안하고 행복했습니다.

"아이고, 좋다. 우리 내일은 학교도 가고 유치원도 가려면 일찍 일어나야 하니까 뽀뽀만 하고 얼른 자자. 잘자."

뽀뽀를 해 주고 자리에 누우니, 하루 육아가 끝난 것 같아 마음이 편안해졌습니다. 그런데 아이들이 자기 전에 엄마에게 뽀뽀해 주겠다며 제 위로 올라오기 시작했습니다.

"엄마 힘들어. 뽀뽀했으니까 이제 내려오자."

하지만 내려갈 생각을 하지 않고 서로 경쟁하듯이 계속 뽀뽀하며 가슴 위를 누르니 갑자기 숨이 턱 막혔습니다. 아

이들은 이런 제 모습이 장난인 줄 알고 계속 웃으며 뽀뽀
했습니다.

'26kg과 19kg, 둘이 합치면 45kg인데!'

그때 왜 그렇게 화가 났는지, 있는 힘껏 아이들을 옆으로
밀며 앉았습니다.

"엄마가 얼마나 숨이 막히는데! 내려와 달라고 하면 내
려와야지! 다른 사람이 그만하라고 할 땐 그만하라고 엄마
가 말했잖아!"

갑자기 정색하며 버럭 하는 제 모습에 아이들은 금세 조
용해졌고, 둘째는 울기 시작했습니다.

"엄마는 맨날 화만 내고! 저번에 화 안 낸다고 약속했잖아!"

지난번에 제가 화 안 내겠다고 했던 것을 아이가 기억하
고 말하는데, 그 말에 다시 화가 치밀어 올랐습니다.

"일찍 자자고 들어왔는데 지금 몇 시야. 또 10시잖아. 뚝
하고 얼른 자!"

안 그러고 싶었는데 저도 모르게 화를 내고는 오히려 혼까지 내버렸습니다.

'휴, 애들도 엄마 좋다고 한 건데 고새를 못 참고 화를 내다니….'

방안에는 적막이 흐르고 속상한 아이들의 숨소리가 들려왔습니다. 이대로 자면 안 될 것 같았지만, 아이들의 마음을 풀어줄 힘도 없었습니다.

'어휴, 나도 모르겠다.'

그렇게 이러지도 저러지도 못하고 그냥 잠들었습니다.

싫어, 약 안 먹을 거야

"싫어, 약 안 먹을 거야."

둘째가 자는 중에 기침을 심하게 하다가 이불에 토를 해버렸습니다. 밤에 이불을 갈고 옷을 갈아입히고 다시 재우려 했지만 기침이 멈추지 않아서 잠들기 힘들어했습니다. 서서 품에 안고 잠을 재우다가 침대에 걸쳐 앉아서 밤을 새웠습니다. 남편을 일찍 깨워 소아과에 접수하러 보내고 잘 자고 있는 첫째를 깨워 등원을 준비한 후 유치원에 보냈습니다. 그런 다음 둘째를 안고 소아과로 달려갔습니다. 긴 대기 줄과 울고 무섭다고 우는 아이를 데리고 엑스레이 촬영을 한 뒤 폐렴기가 있다며 약을 잘 챙겨 먹이라는 의사 선생님의 말을 듣고 나왔습니다.

'혹시 더 심해져서 입원해야 하면 어떡하지?'

　둘째가 빨리 낫기를 바라면서도 한편으로는 첫째가 옮을까 봐 두려웠던 하루였습니다. 집에 돌아오자마자 얼른 죽을 끓여 먹이고 약을 먹이려는데 둘째가 울기 시작했습니다. 자꾸 먹지 않겠다고 버둥거리다가 약이 바닥에 다 쏟아졌습니다.

　"아, 발로 차면 어떡해! 약을 먹어야 기침도 안 하고 빨리 낫지!"

　엄마도 얼마나 힘든 줄 아냐고 말하고 싶었지만 아픈 아이가 더 힘들겠다는 생각이 들었습니다. 다시 아이를 달래서 숟가락으로 조금 먹이고, 과자로 꼬시면서 조금 먹이고, 장난감을 사 준다고 약속하는 등 온갖 방법을 동원해 억지로 약을 다 먹였습니다. 이제 겨우 한 번 먹였는데 오늘 남은 두 번은 어떡해야 하나 막막해서 잠시 바닥에 벌렁 드러누웠습니다.

　'아, 너무 힘들다.'

조금 후 기침을 시작하더니 왈칵 다 토해 버리는 둘째. 그러면 안 되지만 토하지 말라고 입을 막고 싶었습니다. 그렇게 아이는 먹은 죽까지 다 토해 버렸습니다. 눈물이 났습니다. 약국에 전화해 보니 약을 먹은 지 얼마 지나지 않아서 토했기 때문에 다시 똑같이 먹이면 된다고 했습니다. 더 먹지 않으려고 악을 쓰는 아이를 보니 미친 듯이 화가 났습니다. 약을 먹어야 기침을 안 할 텐데, 자꾸만 토하는 걸 보니 입원해야 할 것 같은 슬픈 예감이 들어 입원이 가능한 소아과로 다시 데려갔습니다.

"입원해야 합니다."

역시나 진료를 마친 선생님이 입원해야 한다고 말했습니다. 머릿속이 복잡해졌고, 얼른 가족들에게 연락해 첫째를 부탁한 뒤 입원을 결정했습니다. 입원하기 전, 열이 있어서 해열제를 먹여야 하는데 아이가 심하게 울기 시작했습니다.

"어머니, 아이가 울어도 억지로라도 먹이셔야 해요."

간호사 선생님이 아이를 꽉 잡고 해열제를 먹이도록 도

와주었지만, 그 모습을 지켜보는 것만으로도 마음이 무거웠습니다. 조금 있으면 링거 줄도 꽂아야 하는데, 그때는 어떻게 해야 할지 걱정이 밀려왔습니다.

집에서 첫째가 엄마 보고 싶어 울고 있다는 소식에 마음이 더 무겁고 힘들어졌습니다. 곧이어 둘째는 처음 맞아보는 링거 바늘에 얼마나 울고불며 손을 빼려고 매달리던지…. 겨우 수액을 달고 약을 넣자 조금씩 기침이 잦아들기 시작했습니다.

하필 그 시기에 유행하던 감기로 병원 입원실도 꽉 차서 반나절을 기다린 끝에 4인 1실에 배정받았습니다. 다른 아이들도 아프고 무서운지 울고 보채는 긴 밤이 이어졌습니다. 저는 둘째를 안고 작은 침대에 누웠지만, 자면서 링거 줄이 빠지거나 몸부림을 치다가 아이가 침대에서 떨어질까봐 걱정되어 밤새워 지켜봤습니다. 하루가 지나면서 아이의 상태가 많이 나아졌고, 컨디션도 돌아오기 시작했습니다. 링거 줄을 낀 채로 춤을 추고 까불더니 결국 손에 꽂은 링거 바늘이 빠져 피가 나는 상황까지 벌어졌습니다.

"어떡해 이제. 다시 맞아야 하잖아!"

못한다며 우는 아이의 힘이 너무 세서 붙들고 있는 것조차 버거웠습니다. 하지만 결국 꽉 붙들어 한 번에 성공했습니다. 너무 다행이라고 생각하며 우는 아이를 달래는데, 순간 저도 모르게 눈물이 났습니다.

다시 주삿바늘을 꽂느라고 아프고 힘든 건 아이인데, 왜 내가 자꾸 화가 나고 눈물이 나는지, 그리고 이 상황이 왜 이렇게 힘들게 느껴졌는지 모르겠습니다.

'나 우울증인가?'

주르륵. 무슨 마음의 병이 있는 건 아닌가 싶다가도 아이가 한번 웃어 주면 그냥 잊어버렸습니다. 연달아 두 아이가 감기에 걸려 아픈 날이면 또 제가 못 챙겨서 그런 건 아닌지 싶었고, 집에서 가정 보육을 할 땐 힘이 들고 지쳐서 저녁쯤 되면 온몸에 힘이 빠지고 어깨와 가슴에 돌덩이가 있는 듯했습니다.

'마치 오래달리기를 한 것처럼 가슴이 벅차고 힘들어.'
'난 엄마 자질이 없는 걸까? 두 아이를 키울 만한 그릇이 아닌가 봐.'
'앞으로가 막막하다.'

편의점에서 산 작은 캔 맥주 하나를 마시고 잠을 자러 갔습니다. 아이들을 모두 재우고 그냥 눕기엔 아쉬워 맥주 한 캔으로 하루를 마무리하고 침대에 누우면 그제야 정신없이 하루가 지나간 것 같았습니다.

'내일 아침에 눈 뜨면 또 하루가 시작되겠지? 나 혼자서 오롯이 하루를 보내는 건 평생 힘들겠구나.'

친구들을 만나지 못한다거나 남편이 못 나가게 한 건 아니었습니다. 혼자 있어도 마음이 늘 아이들에게 가 있어서 마음 놓고 시간을 보낼 수 없었습니다. 예전처럼 푹 자고 일어나 오늘은 뭐 할지 고민할 수가 없었습니다. 친구들과 1박 2일 여행을 가도 아침 첫차를 타고 집으로 돌아가야겠다는 생각만 들어 늘 친구들보다 먼저 집으로 돌아왔습니다. 그리고 매번 약속을 잡았다가도 약속 때마다 열이 나는 아이들을 보며 취소하는 날이 많았습니다. 남편은 다녀와도 된다고 했지만 저 스스로 나갈 수 없었습니다. 그냥 힘들어도 집에서 아이를 돌보는 게 더 마음이 편했습니다.

"그저 아이를 키우면서 보내는 평범한 하루인데…. 밥 준비, 등원 준비, 숙제, 준비물 챙기기, 놀이터 놀기 등 모두

기본적인 일인데 이렇게 버거울까?"

　그럴 때마다 사람들은 좀 쉬라고 했지만, 쉬지 못할 때가 더 많았기에 오히려 화가 났습니다. 힘들다고 하면서 아이가 잘 때 함께 자지 않고 왜 자꾸 책을 읽거나 다른 무언가를 하느냐는 주변 사람들의 말에 신경이 예민해졌습니다.

　아이가 잔다고 제가 해야 할 일이 사라지는 건 아니었습니다. 아이가 자는 동안 집안일을 끝내고 잠시 저만의 시간을 가지고 싶었지만 충분하지 않았습니다. 늘 시간에 쫓겨 급하게 시간을 보내고, 마감에 늦은 사람처럼 시간을 맞추려고 안간힘을 썼습니다. 그런 저를 보며 답답해하는 마음과 걱정스러운 말에 신경질적으로 반응하곤 했습니다.

　"알아서 할 테니까 그냥 놔둬."

　시간이 빠르게 지나가는 게 느껴지고, 몸무게도 덩달아 늘어 갔습니다. 피부는 탄력을 잃고 새치도 하나둘 생기다 보니 이대로 나이만 드는 것 같았습니다. 아이들에게 가끔 생기는 일들이 모두 제 책임인 것처럼 느껴질 때마다 잘해야겠다는 부담감과 스트레스가 동시에 쌓여 갔습니다.

아이들은 너무 예쁜데, 견디기 어려울 정도로 힘들었습니다. 엄마이기에 해야 하는 일들과 엄마라는 역할에서 벗어나고 싶은 마음 사이에서도 제 시선과 고민은 늘 아이들에게 있었습니다.

'내가 노력해야지.
내가 부족해서 그런 걸 거야.'

학교에서 걸려 온 전화

"어머니, 잠시 통화 가능하신가요?"
"현이가 학교에서 친구에게 이런 행동을 했어요."

　어린이집, 유치원, 학원까지 그동안 친구들과 큰 부딪힘 없이 자란 첫째. 그래서 당연히 학교에 가서도 잘 지낼 거라고 확신했습니다. 오히려 마음이 여려 잘 우는 아이가 걱정이라고 친정엄마에게 말하곤 했습니다. 입학 후 여느 날과 같이 아이를 데리러 학교에 가는 길에 전화가 왔습니다. 담임 선생님 전화였습니다.

　갑작스러운 전화에 눈앞이 캄캄해지고 심장이 두근거렸습니다. 선생님은 아이를 불러 잘못된 행동을 설명하고, 친구에게 사과하게 해 둘이 화해시켰다고 했습니다. 아이들

사이에 충분히 일어날 수 있는 일이지만 가정에서도 잘 지도해 달라는 선생님의 부탁에 죄송하다고 말씀드리는데 갑자기 막막한 마음이 들었습니다.

"엄마!"

전화를 끊고 학교 앞에서 기다리는데, 밝게 웃으며 나오는 아이를 보니 화가 났습니다. 손을 세게 잡아끌고 집으로 데려가면서 큰 소리로 혼냈습니다. 펑펑 울면서 하나둘 설명하는 아이에게는 여러 가지 변명과 나름의 사정이 있었지만, 다시는 이런 행동을 하지 않을 때까지 좋아하는 태권도와 유튜브를 금지했습니다.

'앞으로 어떻게 해야 하지? 어떻게 해야 다시는 이런 행동을 하지 않을까?'

매번 학교 다녀오면 재미있었다고 하는 아이의 말에 '그래, 재미있었구나' 하고 넘어갔던 제 모습이 후회됐습니다. 그동안 아이에게 너무 신경을 못 쓴 것 같고, 아이를 잘 안다고 생각했는데 몰랐다는 생각이 들었습니다. 앞으로도 내가 모르는 일들이 생길 텐데 싶은 마음에 아이에게 당부했습니다. 다른 사람에게 하면 안 되는 행동을 반복해서 이야기해 주고, 아이가 학교에서 돌아오면 오늘은 누구랑 놀았는지 무슨 일이 있었는지 꼬치꼬치 캐물었습니다. 아무일 없었고 재미있었다고 했지만 저는 계속 강하게 말했습니다. 그러다가 학부모 상담 기간이 다가왔고, 걱정스러운 마음으로 대면 상담을 신청했습니다.

"선생님, 앞으로 아이를 어떻게 가르쳐야 할지 막막해요. 제가 어떻게 해야 할까요?"
"어머니, 아이를 믿으셔도 됩니다."

선생님의 말에 잠시 안도했지만, 마음속 깊이 자리 잡은 불안감은 쉽게 사라지지 않았습니다. 믿고 싶지만 혹시라도 또 무슨 일이 생기지 않을까 하는 두려움이 자꾸 가슴을 조여 왔습니다. 엄마로서 아이를 지켜 주고 싶은 마음이 컸기에 더 조심스러웠고, 두려움과 불안감이 하루하루 더 깊어져만 갔습니다.

'아, 어제 얇게 입고 나갔더니….'

아침에 일어나니 아이가 열이 나기 시작했습니다. 혼자 자책하고 있는데 남편과 친정엄마가 한마디씩 거들었습니다.

"그러니까 어제 점퍼 입히자고 했잖아."
"요즘 일교차가 큰데 옷 하나 챙겨 다니면서 입혔어야지."

저라고 아이가 아프길 바라겠냐고 혼자 속상해하는데, 밤에 끙끙 앓으며 자는 모습을 보니 또 미안한 마음이 들었습니다. 하지만 엄마라는 무게에 부담감은 점점 커져만 가고 부정적인 감정이 쌓이기 시작했습니다. 아이의 감기, 친구 문제, 학교, 학원 등 내가 좀 더 노력하면 잘될 거라고 생각했지만, 모든 것을 잘할 순 없었습니다. 그러면서 마음 한편에 엄마라고 어떻게 모든 걸 다 알고 잘할 수 있겠냐는 마음이 자리 잡기 시작했습니다.

"엄마는 그것도 몰라?"
"엄마가 왜 다 알아야 하는데!"

아이가 뭘 물어봤는데 제가 모른다고 하자 그것도 모르냐고 장난스럽게 하는 말에 버럭 화를 내버렸습니다. 그날 밤, 아이들을 재우고 누워서 휴대폰을 보다가 우연히 육아에 관한 영상을 보게 되었습니다. 영상에서는 아이의 문제 행동이 엄마의 영향 때문이라고 설명하고 있었습니다. 아이들의 성격, 공부, 친구 관계까지 모두 엄마의 행동에 달려 있다는 것이었습니다. 댓글을 열어 보니 엄마들을 비난하는 말이 가득했고, 중간 중간 '엄마가 어떻게 다 잘할 수 있냐'라며 호소하는 엄마들과 자책하는 엄마들의 글도 보였습니다.

'엄마라고 어떻게 다 잘할 수 있을까요?'

누군들 잘하고 싶지 않겠냐는 생각에 화가 치밀어 올랐

습니다. 엄마들을 향한 비난이 마치 저에게 하는 말 같아서 더 화가 났습니다. 그전까지만 해도 엄마의 책임이 크다는 글에 동의하며 내가 더 잘해야지 생각했지만, 이제는 그런 마음조차 들지 않았습니다.

"100% 완벽한 엄마가 어디 있겠냐고!"
"책에 적힌 대로 살 수 있는 사람이 얼마나 되겠어!"
"왜 다들 엄마에게만 뭐라 하는 거냐고!"

혼자 휴대폰을 향해 소리쳤습니다. 엄마에게 전지전능을 기대하는 수많은 사람을 향해, 나도 그러고 싶었지만 할 수 없었던 나 자신을 향해 소리쳤습니다. 여러 감정이 뒤엉킨 가운데 문득 '엄마도 사람인데'라는 생각이 떠올랐습니다. 사람이 어떻게 다 잘할 수 있고 다 알 수 있냐고…. 이제 세상을 향해 소리쳐야겠다고 다짐하면서, 화날 때는 아이들에게 당당하게 화를 내야겠다고 생각했습니다.

'엄마도 사람인데 화 좀 낼 수 있지!'
'지금까지 참았으면 잘 참은 거야!'
'이제 애들한테도 화낼 상황이면 그냥 화내야지!'
'세상이 호락호락하지 않다는 걸 가르쳐 줄 필요도 있어!'

한 번 삐뚤어진 마음은 불씨가 점점 커지더니 아무나 걸리기만 해 보라는 식으로 화낼 준비를 마치고 기다리는 것 같았습니다. 결국 그날 옷 정리를 똑바로 하지 않은 첫째에게 화를 내고, 돌아다니며 밥을 먹는 둘째에게도 소리를 질러 버렸습니다. 몇 년간 참았던 화를 하루 종일 쏟아낸 것 같습니다.

'그동안 너무 참기만 했어.'

'진짜 화난다.'

기분은 최악이었지만 화가 난다는 사실만 머릿속에 떠오를 뿐 예전만큼 아이들에게 미안해하지도 밤에 눈물을 흘리지도 않았습니다. 그저 내일도 똑바로 안 하면 화내서 안 좋은 버릇을 모두 고쳐 버리고 말겠다는 생각뿐이었습니다. 만약 누군가가 저에게 '엄마니까'라는 말을 한다면 이렇게 얘기해 주고 싶었습니다.

'왜 세상은 엄마에게 이렇게 많은 걸 요구하는 건데.'

'엄마도 엄마가 처음이고, 이런 게 엄마라고.'

'그런 게 어디 있어. 왜 다들 엄마에게만 그런 책임감을 요구하는 거야.'

"자꾸 엄마 화나게 하지 마."

　엄마도 사람이라서 화를 낼 수 있다는 걸 인정한 뒤로 아이들에게 화내는 일이 더 쉬워졌습니다. 아이들이 말을 듣지 않을 때마다 화를 내는 게 점점 익숙해졌고, 가끔은 차분하게 설명해 주면 넘어갈 수 있는 상황에서도 무섭게 화를 내며 아이들을 훈육하려 했습니다. 이전 같으면 참았을 상황에서도 더는 참지 않았습니다. 아이들도 엄마의 변화된 말투를 느끼기 시작했는지, 조금 더 말을 잘 듣고 눈치를 보기 시작했습니다. 제가 눈빛을 무섭게 하거나 가만히 있으면 아이들은 분위기를 파악하고 조심스럽게 행동했습니다.

　'그래, 그동안 괜히 참고 살았네.'

그동안 너무 답답하게 참고만 지냈던 것 같았습니다.

그렇게 한 달이 지났습니다. 어쩔 땐 심하게 화를 내고는 저녁에 누워서 엄마가 화를 낼 수밖에 없었던 상황들을 주절주절 변명하며 아이들에게서 당위성을 주장하기도 했습니다. 그러면 아이들은 이내 수긍하고 자신들이 미안하다며 저에게 사과했습니다.

'세상은 원래 착하기만 한 건 아니라고. 이렇게 화내는 사람도 있고, 생각지도 못한 사람이 얼마나 많은데.'

'엄마는 원래 이런 사람이야. 나도 이런 상황에서는 화가 난다고.'

아직 아무것도 모르는 아이들에게 마치 세상을 가르쳐 주는 것처럼 말하면서 실상은 세상을 향해 하고 싶은 말을 아이들에게 토로했습니다. 제 말이 모두 옳은 것처럼 말입니다. 그러던 어느 날이었습니다.

"그만해! 내가 그만하라고 했잖아!"

"엄마! 오빠가 나한테 계속 소리 질러!"

저녁을 준비하다가 아이들 싸우는 소리에 안방으로 들어갔습니다.

첫째에게 물어보니 동생이 여러 번 장난을 쳐서 그만하라고 소리를 질렀다고 했습니다.

'어? 평소의 현이라면 이러지 않았을 텐데.'

동생에게 자주 양보하고, 화내는 대신 울면서 저에게 오던 아이가 동생에게 화를 내고 있었습니다. 화낼 상황이긴 했지만 이전과 달리 심하게 화를 내는 모습을 보며, 순간 뭔가 이건 아닌 것 같다는 생각이 들었습니다. 첫째를 다독이며 말했습니다.

"현아, 그렇다고 그 정도까지 화낼 건 아니었잖아."

"자꾸 화나게 만들잖아."

"그래도 충분히 차분하게 말할 수 있는 상황인데, 다음부턴 그냥 말해 보자."

"그럴 때마다 자꾸 화가 나서 못 참겠어."

아차 싶었습니다. 아이의 이 말이 마음에 깊이 와닿았습니다. 그 순간 요즘 들어 제가 점점 더 예민해지고 자주 화를 내고 있었다는 걸 깨달았습니다.

충분히 참을 수 있는 상황에서도 쉽게 화를 내던 장면이 눈앞에 스쳐 지나갔습니다. 아이의 말 한마디에 버럭 소리를 지르던 제 모습이 떠올랐습니다.

'나 선을 넘고 있었구나.'

·

3부
정답을 찾고 싶은 엄마

이론대로 되는 게 없어

'왜 자꾸 화가 날까.'

임신을 준비할 때부터 다양한 육아 서적을 읽고, 부모 교육 강의를 들으며 준비를 잘했다고 생각했습니다. 신생아의 수면 패턴, 수유 방법, 아이의 발달 단계 등 이론적으로 모든 것을 알고 있다고 자신했습니다. 하지만 막상 아이가 태어나고 실전에 돌입하면서 이론과 현실은 전혀 다르다는 것을 깨달았습니다.

'이론대로 되는 게 없어.'

책에서는 아이가 세 시간마다 규칙적으로 깨고 수유 후 다시 잠들 것이라고 했지만, 실제로는 아이가 언제 깰지 언제 다시 잠들지 전혀 예측할 수 없었습니다. 잠들었다 싶으면 다시 깨는 아이를 달래느라 잠 못 이루는 날이 많았습니다. 갈수록 잠이 부족해지고 피로가 쌓이면서 예민해졌습니다. 휴대폰 앱을 다운받아 기록하던 것도 점점 의미 없이 느껴졌습니다.

"왜 이렇게 자주 깨는 걸까? 매일 달라."
"조금만 더 크면 잘 잘 거야."

친정엄마는 조금만 더 크면 잘 잘 거라고 했지만 시간이 지나도 아이는 조그마한 소리에도 잘 깼습니다. 모유 수유를 할 때도, 아이가 울 때도 무엇 때문인지 알 수 없어 우는 아이를 밤새 안고서 앉았다 서기를 반복했습니다.

'왜 아직 옹알이만 하지? 이 시기에는 단어를 몇 가지 말해야 한다던데.'
'왜 이만큼밖에 안 먹지?'

아이의 발달 단계에 맞춰 공부했던 이론들은 점점 맞지 않았고, 첫째와 둘째를 키울 때도 너무 달랐습니다. 첫 아이를 키워 봤으니 능숙하게 잘할 수 있을 거라고 생각했지만, 성별이 달라서인지 아이가 달라서인지 성격부터 발달 과정까지 대부분 달랐습니다. 같은 상황에서도 다르게 행동하는 두 아이를 예측할 수 없었고, 모든 게 준비했던 것과 달라서 더 힘들었습니다.

'아이마다 다르구나.'

'이론은 그냥 참고만 해야 하는 거였어.'

육아를 하며 깨달은 것은 이론은 어디까지나 참고 자료일 뿐 실제 육아는 예측할 수 없는 상황의 연속이라는 점이었습니다. 자꾸 이론에 집착하는 제 모습이 저를 더 힘들게 했습니다. 원래 계획대로 하는 걸 좋아하는 성격이라, 준비하고 노력하면 생각했던 대로 될 거라고 믿었기에 예측이 빗나갈 때마다 더 좌절감을 느꼈던 것 같습니다. 결과적으로 이러한 집착과 욕심이 화를 불러일으켰습니다.

"지금이 좋은 때라고 생각해."

"엄마를 이렇게 사랑해 주니 얼마나 좋아."

"네가 대학원 다닌다고 한 번씩 나가니까 아이들이 더 너를 찾는 거야."

"그냥 자지, 피곤하다면서 뭘 자꾸 하려고 그래."

첫째 때 100일의 기적은 없었지만 200일부터는 잘 자기 시작했습니다. 잠들면 조용히 거실로 나와 '드디어 육퇴다!'라고 속으로 외치고는 영화를 보거나 공부를 하곤 했습니다. 육아가 힘들게 느껴졌지만 그래도 여유 있는 밤을 보낼 수 있었습니다.

하지만 둘째는 유독 잠이 없었습니다. 신생아 때는 그렇다 치지만, 돌이 지나도 늦게 자고 일찍 일어났습니다. 예민한 편이라 소리가 나거나 제가 옆에 없으면 그냥 깼습니다. 둘째는 저와 딱 붙어서 자야 맘 편히 잠들다 보니 제가 거실로 나오기만 하면 울음을 터트렸습니다. 옆에 누워 토닥토닥 재우다 보면 어느새 같이 잠들었습니다. 그런 일이 반복되다 보니 밤에 하려고 했던 일을 못 하는 경우가 늘었고, 괜히 아이에게 짜증을 냈습니다.

"제발 좀 그냥 자!"

화를 내도 아이는 칭얼거리며 더 울기만 했습니다. 자는 줄 알고 조심스럽게 나왔다가 우는 소리에 다시 방으로 들어가 아이 옆에 누웠습니다. 눕자마자 화내는 엄마에게 안겨 금방 울음을 그치는 아이의 모습을 보면 화나는 마음과 미안한 마음이 동시에 들어 속상했습니다.

남편과 친정엄마에게 이런 마음을 말했지만 둘 다 좋게 생각하라며, 오히려 잠 안 자고 자꾸 뭔가를 하려고 하지 말고 아이들이랑 같이 자라고 했습니다. 재워 놓고 책을 읽으려고 했지만 책 한 권 맘 편히 읽을 시간이 없다는 게 힘들었습니다. 아이 때문에 하고 싶은 일을 마음대로 하지 못한다는 생각이 강했습니다. 일도 공부도 하고 싶은 욕심이 많았는데 아이들 때문에 원하는 것을 할 수 없다고 생각했던 것 같습니다. 그래도 엄마이기에 그냥 이렇게 살 수밖에 없다고 생각하며 스스로 욕심을 버리려 했습니다.

'내가 하고 싶은 걸 조금 내려놓자. 못하면 어디 덧나나.'

마음속으론 이렇게 말해 놓고도, 여전히 일이 생각대로 되지 않으면 모든 핑계를 아이들에게 돌렸습니다. 천천히 해도 될 일을 불안감에 서둘렀고, 지금 안 하면 큰일 날 것 같은 마음에 내내 걱정이 따라다녔습니다. 벌여 놓은 일이 잘 풀리지 않을 때면 무리한 욕심 때문이라는 사실을 깨닫지 못하고 계속 아이들 탓을 했습니다. 사실 진짜 문제는 제 안에 있는 조급함과 불안감이었다는 걸 깨닫지 못했습니다.

'아이를 키우니까 내 맘대로 할 수가 없어. 계획도 다 소용없어.'
'도대체 언제쯤 내 맘대로 살 수 있을까.'

"그냥 나가지 그랬어. 내가 애들 보면 되는데."

"엄마가 있다고 아이가 갑자기 안 아픈 것도 아닌데, 왜 자기가 집에 있겠다고 해 놓고선 속상해하고 화를 내냐."

친구들과의 약속에 나가지 못해 속상해하는 저에게 하는 남편 말에 더 화가 났습니다.

'참 나, 아픈 애들 놔두고 나갔다가 괜히 애들한테 화내고 혼내서 더 아프면 어떡할 건데! 아플수록 마음을 살펴 주고 낫도록 도와줘야 할 거 아냐!'

'내가 애들 놔두고 못 나간다는 걸 알면서도 저렇게 말한다니까.'

친구들을 만나거나 어디 나갔다 와도 된다는 남편에게 아이를 맡기고 나가기가 불안했습니다. 아이들이 힘들게 할 때면 나도 화가 나서 참기 힘든데 혹시라도 남편이 아이들에게 화를 낼까 봐 걱정스러웠습니다. 왜냐하면 남편은 아이들이랑 게임을 할 때도 아이들에게 맞춰 주지 않고 이겨 버렸고, 졌다고 펑펑 우는 아이에게 화를 내곤 했기 때문입니다.

"좀 져 주지 왜 이겨서 애를 자꾸 울려!"

동네 언니가 저에게 해 준 말이 와닿았습니다.
"아빠랑 놀면 아이가 울거나 아빠가 화내면서 끝난다."

엄마들은 아이들에게 맞춰 주려고 노력하는데 왜 그렇게 하지 못하는지 이해되지 않았습니다. 그러다 보니 아이를 맡겨 놓고 어디 나가기가 걱정스러웠고, 함께 데려가거나 그냥 외출하는 걸 포기했습니다. 남편은 아이가 아프더라도 약속이 있으면 나가는데 저는 미리 잡아 놓은 약속도 취소하는 경우가 많았습니다. 그러고는 이런 상황이 싫어 힘들어했습니다. 아이가 아픈데 약속에 못 나가는 걸로 속상해하는 저 자신이 또 미웠습니다. 아이가 아프고 싶어서 아프겠냐는 마음에 점점 약속 잡기가 두려워졌고 결국에는 아예 약속을 잡지 않게 되었습니다.

제대로 사정도 모르면서 쉽게 툭툭 던지는 남편의 말에 속으로 얼마나 욕을 했는지 모릅니다. 육아를 잘하는 다른 집 아빠들을 보면 너무 부러웠고, 맘 편히 아이들을 맡겨 놓고 나가지 못하는 게 육아를 못 하는 남편 때문인 것 같았습니다.

그러다가 제가 코로나19에 걸려 방에 격리된 적이 있습니다. 아이들과 떨어져 혼자 자는 게 처음이라 홀가분한 마음이 들면서도, 동시에 아이들이 밤에 엄마 없다고 울면 어떡하나 걱정스러웠습니다. 역시나 밤에 잘 때 엄마를 찾는 아이들. 끊이지 않는 아이들의 울음소리에 방문 앞에 서서 마음만 졸였습니다. 하루 이틀이 지나자 울음소리는 줄어들고 아이들의 웃음소리가 들렸습니다. 무슨 이야기인지 들리진 않았지만, 화기애애한 대화 소리가 문밖에서 들렸습니다. 밤에 아이들이 아빠와 자는 모습을 보며 다행이라는 생각이 들면서도 마냥 마음이 편하지만은 않았습니다.

'자다가 발로 이불 잘 차서 한 번씩 덮어 줘야 하는데, 잘

할까?'

다음 날 아침, 편하게 잘 잤냐는 남편의 물음에 그렇다고 대답할 수 없었습니다. 그렇게 혼자 자고 싶다고 노래를 부르며 맘 편히 자 보자 했지만, 막상 방에 혼자 누우니 마음이 허전했습니다. 아이들이 보고 싶었습니다.

"우리 사랑들은 아빠랑 잠 잘 잤어?"
"응, 잘 잤어."

아빠랑 편하게 잘 잤다는 아이들의 대답에 괜한 걱정을 했나 싶으면서도 한편으로는 섭섭한 마음이 들었습니다. 그동안 못 믿었던 남편의 말이 맞을지도 모른다는 생각이 들었습니다. 혼자서 할 수 있다고 신경 안 써도 된다고 했는데, 정말 제가 없어도 잘하는 모습이 하나씩 보였습니다.

"자, 세수하고 양치하자."
"준비물 다 챙겼다. 애들 데려다주고 올게."

서툴고 아이들을 울릴 거라고 생각했던 제 예상과 달리, 격리 기간 동안 남편은 등원부터 하원 그리고 목욕까지 모든 걸 잘 해냈습니다. 남편도 아이들을 사랑하고 나름대로 최선을 다하고 있었는데, 제가 그걸 보지 않으려 했던 것입니다. 믿음이 가지 않았던 게 아니라, 사실은 제가 남편을 믿지 않았던 것입니다.

'남편도 그동안 내 마음대로 판단했구나.'

"아침마다 옷 때문에 싸우고 늦고 이게 뭐야!"

아침마다 치르는 등원 전쟁. 세 살 터울의 아이를 키우다 보니 한 명은 어린이집에 한 명은 유치원에 다니다가, 조금 더 커서 한 명은 유치원에 한 명은 초등학교에 다니기 시작했습니다. 아침마다 아이들을 깨우다 보면 시간이 금방 지나가 버립니다. 아침에는 시간이 얼마나 빠르게 흐르는지 5분이 정말 크고 소중합니다. 하지만 각각 다른 곳으로 등원하다 보니 시간도 다르고 챙겨야 할 준비물도 늘 달랐습니다. 전날 밤에 챙겨 놓고 자도 아침에는 늘 정신이 없었습니다. 일어나자마자 100m 달리기를 하는 것처럼 얼른 아침을 먹이고 세수하고 옷을 입혀 한 명씩 데려다줬습니다.

"빨리 나가자. 버스 출발하겠다."

"엄마, 화장실 가고 싶어."

첫째가 등원 버스를 타러 나갈 때마다 둘째를 아기 띠로 안거나 유모차에 태워 나갈 때면 준비할 것이 두 배로 늘어나면서 마음이 조급했습니다. 나가야 할 찰나에 화장실에 가고 싶다고 하면 열심히 시간 맞춰 준비한 모든 것이 물거품이 되는 기분이었습니다. 게다가 아이들이 어릴 땐 아무 옷이나 입혀도 크게 싫다는 말이 없어서 얼른 입히고 나가면 됐는데, 점점 크면서 각자 취향이 생기기 시작했습니다. 첫째는 자기가 좋아하는 로봇 옷이나 상어 옷, 둘째는 늘 공주 캐릭터 옷을 입고 싶어 했습니다. 하지만 유치원에는 원복과 체육복을 입는 날이 정해져 있었습니다. 아무리 말해도 입고 싶은 걸 입겠다고 고집을 부리면서 바쁜 아침 시간에 자꾸 부딪혔습니다. 그러다 보면 결국 유치원 버스는 출발해 버린 뒤였습니다.

"이것 봐! 결국 또 버스 놓쳤잖아!"

화난 엄마의 모습에 묵묵히 고개 숙이고 속상해하는 아이를 얼른 유치원에 데려다주고 집으로 걸어오다 보면 아침부터 시원한 맥주가 마시고 싶을 때도 많았습니다. 머리 스타일과 양말, 신발까지 모두 마음에 드는 걸로 하겠다고 고집을 부리고 싸우고 화내는 아침의 연속이었습니다. 이리저리 머리를 예쁘게 땋아 주려고 유튜브로 공부도 하고 연습도 했는데 이 머리가 아니라며 우는 아이.

"이 머리 아니야, 싫어."
"그러면 마음대로 해!"

충분히 예쁘고 잘 어울리는 데도 아니라며 우는 아이의 머리를 다 풀어 버렸습니다. 이렇게 아침마다 화내는 건 아닌 것 같아서, 이젠 한여름에 겨울 신발을 신어도 그러려니 포기해 버렸습니다. 머리도 안 묶겠다면 산발한 채로 데리고 나갔습니다. 원하는 대로 하고 나가니 기분 좋은 아이의 모습에 저만 혼자 뿔이 났습니다. 아이는 즐겁게 걸어가는데 저는 화를 내고 있는 상황이 문득 이상하게 느껴졌습니다. 이유를 생각해 보다가 순간적으로 깨달았습니다.

'아, 내가 시키는 대로 안 해서 화가 나는 거구나.'

결국 내가 하라는 대로 내 마음대로 행동하지 않는 아이가 마음에 들지 않았던 것입니다. 아이들이 어리니까 모른다는 생각에 늘 내 생각이 맞는다고 생각했습니다. 스스로 하는 것을 기다리고 지켜봐 줘야 하는데, 그러지 못했습니다.

"부츠 신고 갈 거야!"
"그래, 하고 싶은 대로 해!"

무더운 여름날, 둘째는 기어이 털 부츠를 신고 나갔습니다. 놀이터에서 놀다가 너무 더웠는지, 다음 날엔 부츠 대신 활동하기 편한 가벼운 샌들을 신고 어린이집에 갔습니다. 첫째도 비가 쏟아지는 날에 장화 신기 싫다며 운동화를 신고 나갔다가 하루 종일 축축한 발로 지내고는 다음부터 먼저 장화를 꺼냈습니다. 아니면 양말을 따로 더 챙겨 가기도 했습니다. 아이들은 경험을 통해 스스로 배워 가고 있었습니다.

'이젠 아이들 생각대로 하게 놔둬야겠다.'

'자꾸 배달 음식을 먹어도 될까?'

밥을 하기 귀찮거나 힘들 때 종종 배달 음식을 먹었는데 그럴 때마다 늘 부족함이 느껴졌습니다. 매일 먹는 건 아니지만 최근 들어 자주 주문했더니 미안함과 걱정이 들었습니다. 조미료 없이 건강한 식단을 챙겨 주는 엄마도 많은데, 우리 아이 건강을 제가 망치는 건 아닌지 걱정하면서도 바쁜 날엔 라면을 끓여 주었습니다. 며칠 제대로 못 챙겨 준 날은 어김없이 아이들이 피곤해하고 감기 기운이 생겨 자책하곤 했습니다.

'힘들어도 더 신경 써 주자.'

조금씩 음식 솜씨가 늘었지만 여전히 어설펐습니다. 새로운 반찬은 하기 어렵고 매번 아이들이 좋아하는 돈가스와 카레만 만들었습니다. 완벽한 식단을 차리지 못한다는 걸 받아들이며 그래도 하나라도 더 노력하려 애썼습니다. 아침엔 밥 한 숟갈이라도 꼭 먹여 보내고, 사이사이 과일과 비타민도 챙겨 먹였습니다. 책이 좋은 건 누구나 다 아는 사실이지만 맘껏 읽어주지 못했습니다. 그래도 틈이 날때마다 함께 책을 읽었습니다.

두 아이가 하원하면 놀이터에 가서 놀다가 집에 왔습니다. 집에 와서는 곧바로 씻기고, 감기 걸릴까 봐 얼른 방으로 데려가 머리를 말리고 옷을 입혔습니다. 아이들 저녁을 해 먹이고 나면 시계는 어느새 8시를 향해 있었습니다. 그러면 밥 먹을 시간도 늦은 것 같고 챙겨 먹기 귀찮아서 대충 먹거나 걸렀습니다. 잠시 놀고 나서 숙제를 봐 주고 책을 한 권 읽어 주면 밤 9시가 지났습니다. 엄마와 놀고 싶은데 충분히 못 놀아서 자기 싫다는 아이들과 조금 더 놀아주고 같이 누우면 10시였습니다. 늦게 자니 아침에 일어나기 힘든 일상이 계속 반복되었습니다.

"엄마, 나는 그림을 너무 못 그려서 속상해."

첫째가 그림을 못 그린다고 일주일 내내 울었습니다. 처음엔 달래 주었지만 자꾸만 우는 통에 결국 미술학원을 알아보고 등록했습니다. 그렇게 토요일 아침마다 미술학원에 다니기 시작했습니다. 원래 토요일 아침은 뒹굴뒹굴 쉬는 시간이었는데 이제 일찍 일어나 느릿느릿한 아이들 아침까지 챙겨 먹여 보내려니 저만 바쁘고 급하게 됐습니다.

"언제 옷 입을래! 얼른 준비 안 해!"

남편도 제 모습이 힘들어 보였는지 주말에 쉬어도 된다고, 너무 아이들 위주로 안 해도 된다고 말했지만 그때는 위로의 말도 스트레스로 다가왔습니다. 아이들을 위해 열심히 노력하는 저를 알아주지 않는 것 같아 남편이 너무 밉고 무책임하게 느껴졌습니다.

'맨날 나만 바쁘다, 바빠.'
'그런 말 하지 말고 아침에 아이들 준비나 좀 도와주지.'

저 혼자만 아이들을 위해 온종일 노력한다는 생각이 들었습니다. 학원에 도착해 즐겁게 수업을 듣고는 재미있었다고 활짝 웃으며 나오는 아이. 시간이 갈수록 실력도 늘고,

하다 보니 이제 그림을 잘 그릴 수 있다고 좋아했습니다.

"현아, 학원 다니는 거 어때?"
"계속 계속 다니고 싶어."

혹시나 다니기 싫은 데 엄마 때문에 다니는 건 아닌지 자주 아이에게 물어봤습니다. 재미있다고 계속 다니고 싶다는 아이의 말에 안도하는 마음이 들었지만, 가끔 피곤한 날에 이제 안 가고 싶다고 말할 때는 또 걱정되었습니다.

"에휴, 다닌 지 얼마 안 됐는데 힘들다고 바로 그만두면 어떡해. 그래도 조금 더 다녀 보자."

아이들이 정말 힘든 건지, 그냥 귀찮아서 힘들다고 하는 건지도 헷갈렸습니다. 힘들어도 조금 참고 다녀야 하는지 바로 그만둬도 되는지, 이런저런 문제가 생길 때마다 고민만 커져 갔습니다. 언제든지 힘들면 그만둬도 된다고 말하면서도 어떻게 하는 게 더 좋은지 주변에 물어보고 책을 찾아 읽었습니다. 하지만 아무리 책을 열심히 읽어 봐도 우리 아이를 위한 정답은 없었습니다.

'왜 엄마는 신경 쓸 게 이렇게 많을까?'

　아이들이 무엇을 필요로 하는지, 무엇을 좋아하고 힘들어하는지 매번 고민하고 알아보며 신경 쓰는 것이 엄마의 몫이었습니다. 그저 매일, 또 하나의 걱정을 안고, 신경 쓸 일이 늘어나는 하루를 살아가고 있었습니다.

육아는 원래 힘들다

육아는 원래 힘들다는 것을 깨닫게 된 순간, 저를 돌아보게 되었습니다. 베스트셀러인 쇼펜하우어의 『왜 당신의 인생이 힘들지 않아야 한다고 생각하십니까』를 읽으면서, 제목에 '육아'를 넣어 보았습니다.

'왜 당신의 육아가 힘들지 않아야 한다고 생각하십니까?'

한 사람을 키우는 데 온 마을이 필요하다고 할 정도이니 당연히 힘들 수밖에 없다는 생각을 못 했던 겁니다. '누구보다 잘 키울 거야'라는 생각으로 애쓰고, 마음대로 되지 않으면 저의 부족함 때문이라고 판단하며 자책했습니다. 그러다가 한계가 오면 아이들에게 화를 내고, 밤에는 미안함에 눈물을 흘렸습니다.

'나 왜 이렇게 살까.'

아이를 키우는 건 보통 일이 아니었습니다. 아이를 키우면서 힘들 수도 있고, 사람이면 화를 낼 수도 있다는 것을 전혀 생각하지 않았습니다. 엄마로서 저의 부족함에만 자꾸 초점을 맞추고, 해낼 수 없는 것을 이루려고 애쓰면서 저 자신을 괴롭히고 있었습니다. 그러다가 불가능한 것을 이루지 못한다고 자책하는 것 자체가 잘못이라는 걸 알게 되었습니다.

'엄마도 사람인데, 표현하면서 살아야 하지 않을까.'

'왜 육아하면서 화를 내면 안 된다고 생각했을까?'라는 질문을 마음에 새기고 나니, 육아에 대한 시각이 조금씩 바뀌기 시작했습니다. 이전에는 저만 제일 힘들고, 신경 쓸 게 많고, 가족을 위해 희생하고 있다고 생각했습니다. 하지만 이제는 감정에 솔직해지기로 했습니다. 누구든 감정을 표현할 수 있다는 사실을 깨달았고, 아이들 앞에서 100% 바른 행동만 해야 한다는 강박에서 벗어나기로 했습니다. 현실적으로 불가능한 기대를 나 자신에게 걸고 있었고, 그것이 마음대로 되지 않으니 힘들어했던 겁니다.

TV를 많이 보여 준다고, 책을 많이 읽어 주지 않는다고, 아이에게 조금 심한 말을 한다고 무조건 나쁜 엄마인 것은 아니라는 사실을 알게 되었습니다. 각자 자신만의 육아 방식이 있고, 누구나 자신의 아이를 가장 사랑하며 아이를 위해 최선을 다하고 있었습니다.

'엄마로서 아이들에게 정말 중요한 건 뭘까?'

책장에 꽂힌 육아서 한 권을 꺼냈습니다. 대부분 '엄마만 잘하면 된다'라고 말하는 것 같아 멀리했던 책들이었습니다.

'그래도 엄마가 답이다.'

화가 많았을 때는 '엄마가 답이다'라는 말이 모든 책임을 엄마가 짊어져야 한다는 의미로 느껴졌습니다. 그 문장을 보는 것만으로도 부담스러워 책을 덮어 버렸습니다. 하지만 마음이 차분해지고 다시 읽어 보니 조금 다른 의미로 다가왔습니다.

'그래, 아이들에겐 엄마가 정답이었어.'

이제는 엄마 역할이 완벽해야 한다는 압박감을 느끼는 대신 아이들과의 관계에서 진정성을 가지고 사랑을 표현하는 것이 중요하다는 것을 알게 되었습니다. 감정이 흔들릴 때조차 솔직하게 보여 주고 함께 경험하고 공감하며 성장해 가는 것이 가족이었습니다. 아이를 위해 가장 좋은 선택을 하려고 노력하는 존재가 바로 엄마이고, 아이와 함께 성장하려는 사람 또한 엄마라는 것을 깨달았습니다. 미워했던 책들이 이제는 따뜻하게 들리기 시작했습니다. 한참 책을 읽으면서 그동안 느끼지 못했던 위로와 힘을 얻었습니다.

'내가 아이들에게 줄 수 있는 가장 큰 선물은 사랑과 이해구나.'

완벽하지 않아도

'더는 이렇게 화내고 싶지 않아.'

육아에서 느꼈던 감정을 되짚어 보니, 더는 이렇게 화를
내고 싶지 않았습니다. 자꾸만 화가 나고 감정이 격해지는
이유를 알고 싶었습니다. 아이들에게 잘해 주고 싶어서 애
쓰다가도 툭하면 눈물이 나고, 그 후에는 미친 듯이 화를 냈
다가 미안해하는 제 모습을 이해하고 싶었습니다. 제가 찾
는 게 무엇인지, 뭘 찾고 있는지도 모른 채 말입니다.

그 과정에서 어린 시절 부모님에 대한 기억이 떠올랐습
니다. 어릴 적, 부모님이 저에게 크게 신경 쓰지 않았다고
느꼈던 순간들이 생각났습니다. 제 공부나 학교생활에 별
다른 관심을 두지 않으셨고, 힘들거나 어려운 일이 있어도

별다른 대화 없이 지나갔던 기억들. 저는 제가 성장하면서 받고 싶었던 관심과 사랑을 아이들에게는 부족함 없이 채워 주고 싶었던 것 같았습니다.

'맞아. 이것 때문이었어.'

그토록 화가 났던 원인을 부모님에게 돌리고 싶었습니다. 하지만 한편으로는 그것이 이유가 아니라는 걸 알고 있었습니다. 부모님은 저에게 많은 사랑을 주셨고, 어린 시절을 떠올리면 행복했던 기억이 대부분이니까요. 성실했던 아빠와 엄마는 늘 저를 따뜻하게 대해 주었고 이야기도 잘 들어 주었습니다. 하루 종일 함께 이야기하고, 아무 이유 없이 몇 번씩 통화를 해도 즐거웠습니다. 어릴 때 공부며 다이어트며 정신적으로 스트레스를 준 적도 없었고, 살이 쪄서 맞는 옷이 없을 때도 맛있다고 하면 언제나 맛있는 집밥을 뚝딱 차려 주셨습니다. 그리고 아이들을 낳고 키우며 많은 도움을 받고 의지했던 것도 모두 감사한 일이었습니다. 생각이 거기에 닿자 한없이 부모님께 미안해졌습니다. 그동안의 사랑에 감사할 생각을 못 했으니까요.

'난 정말 나쁜 딸이야.'

하지만 '나는 나쁜 사람'이라는 데서 끝내고 싶지 않았습니다. 이제는 진짜 정답을 찾고 싶었습니다. 그동안 아이들에게 엄마도 사람인데 어떻게 완벽할 수 있냐고 말했지만, 정작 저 스스로는 그 말을 받아들이지 않았다는 걸 깨달았습니다. 그러던 중 『네 명의 완벽주의자』라는 책을 발견했습니다. 그 책에 따르면 우리나라에서 네 명 중 한 명이 완벽주의자라고 합니다. 특히, 남들보다 앞서고자 하는 사회 분위기로 인해 충분히 잘하고 있음에도 만족하지 못하고, 더 잘하려고 채찍질하는 경우가 많다고 합니다.

'아, 나 완벽주의자였구나.'

조금이라도 더 알려고 하고, 더 좋은 모습이 되고 싶어서 애쓰던 저 자신을 돌아보았습니다. 육아하면서 잘못된 부분을 고치려고 공부하고 적용하려고 노력했습니다. 인터넷에는 정보가 넘쳤고, 알면 알수록 알아야 할 것이 더 많아졌습니다. 그러나 제 한계를 깨닫지 못한 채 앞만 보고 달렸습니다.

사실은 생각만큼 완벽하지 않은 저 자신에게 화가 났다는 것을 깨달았습니다. 좋은 모습, 좋은 결과를 얻기 위해

서는 그만큼의 노력이 필요하다고 생각하면서도, 노력한 만큼 결과가 나오지 않을 수 있다는 사실을 두려워했던 것입니다. 그런 두려움이 화로 변해 아이들에게 향했고, 다시 그것이 저 자신에 대한 실망으로 돌아와 눈물을 흘리게 한 것입니다.

'왜 나는 완벽해지길 바랐을까?'

저뿐만 아니라 아이들도 저마다 다르며, 여러 과정을 겪으며 성장하는 존재입니다. 그런데도 제대로 해내지 못할 때마다 더 강요하고, 어려움을 겪지 않고 한 번에 얻으려고 했던 저 자신을 돌아보게 되었습니다. 결국 아이들을 나와 같은 어른으로 취급하고, 제 마음대로 하려 했던 점이 문제였음을 깨달았습니다.

'나부터 다시 시작해 보자.'

이제는 완벽하지 않아도 아이들과 함께 성장하며 배우는 엄마가 되기로 했습니다. 아이들을 완벽하게 키우는 것이 아니라, 함께 시행착오를 겪으며 성장해 가는 과정이 육아의 본질이라는 걸 되새기며 나 자신을 너무 몰아붙이지 않기로 했습니다. 아이들과 함께 다시 시작하기로 했습니다.

'계획대로 되지 않더라도 좋은 방향으로 계속 노력하면 그걸로도 충분히 잘하고 있는 거야.'

4부
정답이 없는 육아

좋은 엄마는 어떤 엄마일까?

'엄마란 뭘까? 어떤 엄마가 좋은 엄마일까?'

엄마는 처음이면서 슈퍼우먼이 되어 뭐든지 아이에게 맞추어 잘해야 한다는 부담감만 있었던 것 같습니다. 밥 먹이고 가르치고…. 수십 년 세월 동안 알게 된 것들을 아이가 태어나자마자 말해 주고 싶었던 것 같습니다. 아이는 잘 성장하고 있는데 제 완벽함과 조급함으로 불안함만 커졌습니다. 어떤 엄마가 좋은 엄마인지도 모른 채 주관 없이 이리저리 휘둘렸습니다. 그러다가 혹시나 아이에게 안 좋은 영향을 주는 건 아닌지 두려움이 커지기도 했습니다. 엄마도 처음이라 모를 수도 있고, 그러기에 중심을 잡아 가며 아이들과 서로 맞춰 나가면 되는데 말입니다.

'우선 엄마로서 나를 인정하자.'

　사실 피할 수도 없고 돌이킬 수도 없지만, 현실에서 벗어나 출산 전의 자유로움과 마음대로 보낼 수 있는 하루가 그리웠습니다. 하지만 눈 뜨면 바쁘게 아침을 준비하고 아이들을 보내야 하는 일상, 아이들의 건강이 저에게 많은 부분 달려 있다는 것, 그리고 아이들의 마음과 성격 등이 제 삶에서 가장 많은 부분을 차지하고 있다는 걸 인정하고 하니 저부터 흔들리지 않아야겠다고 마음먹게 되었습니다. 그동안 쌓아온 부담감을 받아들이고, 이제부터 제 역할에 더 집중하기로 했습니다.

　"엄마 좋아? 엄마가 왜 좋아?"

　누워서 아이들에게 제가 왜 좋은지 물어봤습니다. 아이들이 "그냥 엄마가 제일 좋아"라며 밝게 웃으며 저를 꼭 안아 주는데 참 따뜻하고 마음이 행복했습니다. 자기 전에 누워서 서로의 일상을 정리하는 시간을 가졌습니다. 단 10분이라도 누워서 함께 하루를 돌아보고 다짐하며 하루를 정리하고 내일을 그렸습니다. 그러자 다음 날 아침에 일어날 때마다 점점 마음이 가벼워졌습니다.

"엄마는 우리가 왜 좋아?"

"그냥 다~ 좋아."

어느 순간부터 엄마라는 자리가 너무 힘들어 도망치고 싶었던 적도 있습니다. 하지만 이제는 양팔에 아이들을 꼭 안고 이야기를 나눌 때마다 이보다 더 마음이 평온하고 행복할 수 있을까 싶습니다. 아이들과 함께하는 시간이 쌓일수록, 좋은 엄마란 아이들과 서로 이해하고 맞춰 가며 함께 성장하는 엄마라고 생각합니다. 그래서 오늘도 굳게 다짐합니다.

'서로 솔직하게 이야기하고 조금씩 맞춰 나가자.'

"아이가 어떤 사람으로 자라면 좋겠어요?"
"음, 밝고 건강하게요."

머릿속에 '밝고 건강하게'만 떠올랐습니다. 하지만 밝고 건강하게만 자라면 좋겠다고 말하고 나서 대화하다 보면 바라는 게 많았습니다. 아이가 운동도 잘하면 좋겠고, 공부도 잘하면 좋겠다는 생각이 들었습니다. 엄마들 모임에 가면 학원과 공부 이야기가 빠지지 않았습니다. 아직 어리지만 아이들이 다니는 학원들과 공부 종류는 다양했고, 무엇을 위해 이렇게 공부시키는 걸까 이야기를 나눴습니다. 우리 아이들도 모두 재미있게 학원에 다니고 있지만, 어떤 목표를 위해 다니는지 가끔은 왜 다니는지 생각했습니다. 특별한 목적이 있는 건 아니라고 생각했지만 실상은 그렇지 않았습니다. 아이들이 공부를 잘해서 좋은 직업을 가지게 되면 좋겠다고 생각하고 있었습니다.

"나는 대통령이 되고 싶어."
"나는 의사 선생님이 될 거야."

아이들이 원하는 꿈은 다양하고 그 꿈을 이루면 좋겠다고 말하지만, 계속 기대하는 마음이 있었습니다. 여러 직업을 떠올리며 아이들의 미래를 상상해 보지만 그건 엄마의 생각일 뿐, 아이들의 미래는 아이들이 만들어 가는 것입니다. 놀다가 뒤늦게 공부를 시작해 지금도 공부하고 있는 저를 보면 지금 나이의 아이들은 마냥 행복하게 놀고 건강하게 지내는 것만으로도 충분합니다. 그런데도 가끔 지인들과 이야기하다가 나중에 힘들지도 모른다고, 미리미리 준비해야 한다고 말하면 또 흔들리며 알아보곤 했습니다.

"준비 안 하고 있다가는 나중에 애가 힘들어한다니까."
"여기 학원 다니다가 3학년 때 다른 데로 옮겨야 해."

학습 위주의 하루를 보내고, 어느 학교 어느 학원에 다녀야 하는지 커리큘럼처럼 만들어 공부하면 좋다는 말을 많이 들었습니다. 하지만 아이들의 마음과 성격 그리고 인생에 대해 진지하게 돌아보고 생각해 본 적은 없다는 걸 느꼈습니다.

"엄마, 나 너무 속상했어."

학교에서 있었던 이야기를 하며 속상했다고 우는 아이를 보며 더 고민했습니다. 앞으로 이런 일이 더 많을 텐데 어떻게 키워야 할까, 어떤 걸 중심으로 잡고 아이를 키워야 할까. 엄마로서 중심을 잡아야 했습니다.

"선생님, 아이들을 어떻게 키워야 좋을까요? 막막하기도 하고 힘들 때가 많아요."

친한 선생님에게 하소연하자, 선생님은 자신의 육아 경험을 나눠 주었습니다.

"마음아, 난 다른 건 몰라도 예의 바르게 키우려고 노력했어. 어릴 적엔 주말마다 산으로 바다로 다니면서 가족과 함께하는 시간을 가지려고 했지. 사춘기가 왔을 때는 그냥 기다려 줬어. 그러다 보니 잘 지나가더라. 아이들이 힘들

어할 때는 항상 힘이 되어 주는 부모가 되고 싶었어. 인생
에는 정답이 하나만 있는 게 아니야. 얼마든지 길은 있어."

선생님은 아이들이 성인이 되기 위해 혼자만의 시간을
가지고 있는 지금도 언제나 말을 걸어 주고 응원해 준다
고 했습니다.

'나는 아이들에게 어떤 엄마가 되면 좋을까?'
'나는 아이들이 어떤 사람으로 자라기를 바라는 걸까?'

우선 저부터 바른 사람이 되어, 언제든지 아이들이 마음
편히 기댈 수 있는 사람이 되기로 했습니다. 사랑을 많이
주는 엄마, 든든한 엄마, 그리고 멋진 엄마가 되고 싶었습
니다. 그 생각에 이르자 저절로 열심히 살아야겠다는 마음
이 생겼습니다.

"친구가 나한테 소리 내서 책 읽지 말라고 했어."

아이들이 단단한 마음을 가진 사람으로 자라려면 어떻게 키워야 할까 고민하다가 아이들의 이야기를 집중해서 들어 주는 것부터 시작했습니다. 다 말할 때까지 기다려 주고, 잘한 부분은 칭찬하고 잘못한 부분은 이렇게 하는 게 좋을 것 같다고 말해 줬습니다. 어떤 때는 아이가 이해하기 힘든 인생 이야기를 줄줄 하다가 잔소리꾼이 되기도 했습니다.

어느 날 저녁, 아이가 친구 때문에 속상했다고 울면서 말했습니다. 아침 독서 시간에 앞자리에 앉은 친구가 시끄럽다고 소리 내어 책 읽지 말라고 해서 너무 속상했다며 펑펑 울었습니다. 처음에는 달래 줬지만, 자세히 이야기를 들어

보니 조용히 책을 읽어야 하는 독서 시간에 소리를 낸 아이의 잘못도 있었습니다. 아이에게 주변 사람에게 방해되지 않도록 조심해야 한다고 설명해 주었고, 아이는 내일부터는 소리 내어 읽지 않겠다며 읽기 편한 책을 챙겨 놓고 잠들었습니다.

'어떻게 해야 아이들의 더 마음이 단단해질까?'

친구의 한마디에 펑펑 우는 모습에 혼자서는 어떻게 해야 할지 몰라 온라인 서점에서 관련된 책들을 다운받아 읽고 잤습니다. 다음 날 밤, 오늘 하루 어떻게 지냈는지 돌아가며 이야기하다가 아이의 말에 깜짝 놀랐습니다.

"엄마, 나 오늘 책도 조용히 읽고 앞자리 친구에게 어제 시끄럽게 해서 미안하다고 말했어."

밝게 웃으며 안기는 첫째를 보며 어젯밤부터 하루 종일 아이의 이런 부분을 어떻게 해결하고 도와줘야 할지 고민하던 제 모습이 떠올랐습니다. 사실 저는 아이의 한 가지 사건을 크게 해석하고는 그것을 문제로 바라보고 있었습니다. 전날 이야기를 들어 주고 마음을 알아준 것만으로도 아이는 스스로 문제를 해결하고 기분 좋은 하루를 보냈는데, 저는 혼자 해결하기 힘든 어려운 문제인 듯 색안경을 끼고 바라보고 있었습니다. 아이의 이야기를 끝까지 들어 주고 믿어 주는 것만으로도 아이는 다양한 상황을 스스로 겪으며 성장할 것이란 믿음이 생겼습니다.

"너무 잘했어. 우리 현이 참 씩씩하다."

아이들은 자라는 중이고, 실수를 통해 조금씩 배우며 더 나아지고 있었습니다. 중요한 건 아이가 고민이나 즐거운 이야기를 할 때마다 귀 기울여 들어 주고 그 순간을 함께해 주는 것이라는 생각이 들었습니다. 아이들은 매일 성장하고 있으며, 그 과정에서 실수나 좌절은 당연히 있을 수 있는 일입니다. 어른들 역시 완벽하지 않습니다. 아이가 울고 웃으며 경험하는 모든 일이 그 자체로 중요한 성장의 일부라는 걸 깨달았습니다.

'아이의 모습을 있는 그대로 바라보고, 언제든 옆에서 이야기를 들어 주자.'

'아, 날씨 좋다.'

아침에 온 가족이 출근하고 등원한 시간. 이불을 정리하고 창문을 열어 먼지를 털어 내고, 장난감을 제자리에 정리하고, 청소기로 바닥을 깨끗하게 청소했습니다. 사방에 떨어져 있던 과자 부스러기와 머리카락이 사라진 바닥을 깨끗이 빤 물걸레로 두 번씩 닦았습니다. 깨끗하게 정리된 거실과 방을 보니 뿌듯했습니다. 시계를 보니 아이들 하교 시간이 다가오고 있었습니다. 집에 들어오자마자 먹을 것을 찾는 아이를 위해 간식을 준비했습니다.

'좋아하는 찰떡 구워 줘야겠다.'

잠시 후 핸드폰에 하교 문자가 도착함과 동시에 아이가 현관 비밀번호를 누르고 들어왔습니다. 맛있게 구워진 찰 떡에 꿀을 살짝 뿌려 요구르트와 함께 내어주니 맛있게 먹는 아이. 보기만 해도 배부른 기분이었습니다. 오래전 초콜릿을 나눠 주지 않아 화가 났던 날이 문득 떠올랐습니다. 하지만 지금은 제가 먹지 않아도, 아이가 먹는 모습을 보는 것만으로도 행복했습니다.

"엄마도 한입 먹어 봐."

그날 이후부터 아이는 자기가 좋아하는 간식이라도 자주 권했습니다. 괜찮다고 했지만 입에 넣어 주는 아이 덕분에 종종 간식을 나눠 먹으며 함께 시간을 보냈습니다. 나눠 먹을 때마다 점점 서로를 생각하고 맞춰 가는 마음이 느껴졌습니다. 별일 없이 소소한 행복이 쌓이고 있었습니다.

'내가 할 수 있는 한계 내에서 최선을 다하자."

무리해서 욕심내지 말고, 힘들어하다가 화내지 말고, 몸이 견딜 수 있는 범위 안에서 노력하며 잘 유지하는 것이 진정한 행복을 위한 길이지 않을까 싶었습니다.

언제든 길은 있고 올바른 방향을 향해 계속 노력한다면 조금씩 가더라도 괜찮다는 생각이 들었습니다. 예전 같으면 하고 싶은 일을 마구 벌이고 제대로 되지 않으면 모든 게 싫어졌지만, 이젠 일이 잘 되지 않으면 다음 날 다시 도전했습니다. 점점 내면의 중심을 잡기 위해 정리하다 보니 왜 많은 사람이 감사 일기를 쓰는지도 알 것 같았습니다. 돌아보면 하루 중 감사할 일이 많았습니다.

- 가족이 아프지 않고 하루를 보낸 것
- 밤에 잘 잔 것
- 학교에 재미있게 잘 다녀온 것
- 웃는 얼굴로 서로를 볼 수 있는 것
- 아이와 대화할 시간을 가질 수 있는 것

지인 중에 항상 남에게 베풀고 감사하는 마음으로 살아가는 친한 언니가 있습니다. 밝게 인사하고, 필요할 때마다 도와주려고 노력하는 모습에서 본받을 점이 많았습니다. 언니의 베풂에는 아이에 대한 깊은 사랑이 담겨 있었습니다.

"마음아, 나는 누군가를 도와줄 때 그 마음이 결국 우리 아이에게도 돌아온다고 믿어."

언니는 사람들과의 관계 속에서 진심으로 사람을 대하고 도와주는 것이 중요하다고 말했습니다. 그 모습을 보며 저도 아이들에게 이런 마음가짐을 보여 주고 싶다는 생각이 들었습니다. 아이들은 부모의 행동을 보고 배우기 마련이니까요. 언니가 아이들에게 진심과 배려를 가르치는 것처럼, 저도 아이들에게 그런 본보기가 되고 싶었습니다.

'뭐든지 감사하며, 기회가 되는 대로 도우며 살아야겠다.'

"엄마, 큰일 났어….."

건조했던 겨울날, 감기로 아이들이 코가 막혀서 방에 가습기를 틀었습니다. 밤새 돌리려고 물을 가득 넣었는데 잠깐 부엌에 다녀온 사이 아이들이 장난을 치다가 넘어뜨린 것입니다. 자려고 모든 준비를 마쳤는데 실수로 안방 바닥에 물이 몽땅 쏟아 버린 아이들은 굳은 채로 엄마에게 혼날까 봐 긴장하고 있었습니다. 심호흡을 다섯 번 한 뒤 말했습니다.

"괜찮아. 그래도 물이라서 다행이다. 자, 우리 수건 하나씩 챙겨 오자."

'휴, 역시 마음대로 되지 않네.'

큰 수건 여러 장을 꺼내 바닥에 두자 순식간에 물이 뚝뚝 떨어질 정도로 젖었습니다. 안방에 있는 침대와 책상 아래에도 물이 들어가 있었습니다. 우선 보이는 곳부터 아이들과 수건을 하나씩 들고 닦았습니다. 몇 차례 화장실을 오가며 수건을 짜고 또 물을 닦다 보니 어느새 눈에 보이는 곳은 거의 다 닦았습니다. 하지만 크고 무거운 침대는 옮길 수 없어 바닥에 물이 조금 남아 있었습니다. 아이들이 그것 때문에 걱정하는 것 같아서 다시 한번 괜찮다고 말해 주었습니다.

"괜찮아, 거의 다 닦았으니까 아침 되면 다 말라 있을 거야. 걱정 안 해도 돼."

바닥에 보일러도 틀어져 있고 방이 건조해서 남은 물이 금방 마를 거라고 살짝 미소 지으며 말해 주니, 아이들도 한층 밝아진 표정으로 누웠습니다.

"엄마, 물이라서 진짜 다행이었지. 내일 아침에 다 말랐으면 좋겠다."

엄마가 괜찮다고 말한 데다가 같이 정리해서 그런지 아이들은 한결 편한 마음으로 자고 일어났습니다. 아침에 일어나 보니 바닥에 남아 있던 물은 모두 말랐고 젖었던 이불까지 다 말라 있었습니다.

'나 어젯밤에 잘 참았다.'

웬만하면 화를 내지 않으려고 노력하는 중에 고비가 왔지만 잘 넘겨서 다행이었습니다. 만일 '왜 조심하지 않았어!'라고 소리를 지르고 화를 냈다면 바싹 마른 방을 보고 미안해했을 것입니다. 눈 뜨자마자 물이 다 말랐는지부터 확인하던 아이들이 진짜 다 말랐다고 다행이라고 웃으며 말하는 모습에 저도 기뻤고 잘했다 싶었습니다.

특히 실수로 한 잘못은 '엄마니까 넘어갈 수 있는 건 넘어가 주자'라는 생각으로 말하고 행동하는 것이 아이의 감정을 만들고 있는 걸 한 번 더 느꼈습니다. 제가 어렸을 때 엄마가 라면을 끓여 주셨는데 받자마자 실수로 국물까지 다 엎어 버린 적이 있습니다. 크게 혼날 줄 알았는데 엄마가 '괜찮아'라고 말씀해 주셔서 얼마나 고마웠는지 모릅니다. 엄마는 바닥을 치운 뒤 다시 라면을 끓여 주셨고 저는 맛있게 먹었습니다. 이 한마디가 마음속에 남아 있는 걸 보면 '괜찮아'라는 엄마의 말이 아이들에게 얼마나 중요한지 새삼 느껴집니다. 누구나 실수할 수 있고 마음처럼 안 될 때도 있습니다.

"아이고, 엄마가 실수했네."
"엄마, 괜찮아. 같이 치우면 돼지."

정수기에서 물을 받다가 실수로 물을 흘렸습니다. 아이들이 모두 괜찮다며 수건을 가져옵니다. '괜찮다'라는 말이 얼마나 큰 위로가 되는지 느꼈습니다. 그리고 제 행동이 변하자 아이들도 조금씩 변하고 있다는 걸 확실히 느꼈습니다.

엄마의 재충전, 운동

"으아악!"

장난감을 주워 달라는 둘째의 말에 바닥에 떨어진 장난감을 줍다가 그대로 소리를 내며 바닥에 쓰러졌습니다. 허리가 삐끗했는지 태어나서 처음 느껴 보는 통증 때문에 움직일 수 없을 정도였습니다. 다행히 남편이 옆에 있어서 바로 병원으로 갔습니다. 아이들을 낳은 후 운동이라곤 해 본적이 없고, 집에서 가끔 유튜브를 틀어 놓고 스트레칭하는 것이 전부였습니다.

임신했을 때부터 허리가 자주 아팠지만 신경 쓰지 않았던 게 이날 몰아서 온 것 같았습니다. 눈물을 흘리며 병원에 도착해 주사를 맞고 물리치료를 받으며 진짜 운동해야지 다짐했지만, 금세 까먹고 하루하루 지냈습니다. 육아가 힘들다는 핑계로 자기 전엔 맥주와 야식을 먹으니 살이 찌고 몸이 점점 무거워지면서 육아가 더 버거워지는 것 같았습니다.

"엄마는 자기 전에 화를 내."

아침에는 기분 좋게 하루를 시작했다가도 밤만 되면 급격히 체력이 떨어지고 짜증이 나기 시작했습니다. 자주 그러다 보니 아이들도 엄마는 늘 자기 전에 화를 낸다고 했습니다.

"PT 한번 받아보는 게 어때?"

지켜보던 남편이 운동을 권했습니다. 당시 체력을 키워야 한다는 내용의 책을 읽던 참이라 운동을 시작해 보기로 마음먹었습니다. 아주 어릴 때 태권도를 배웠던 것 말고는 자라면서 운동을 해 본 적이 없기에 처음 등록한 헬스장이 무척이나 낯설었습니다.

"어떻게 오셨어요?"

"체력을 좀 키우고 싶어서 왔어요."

PT를 등록하고 상담받은 후 운동을 시작했습니다. 다이어트보다는 허리가 삐끗하거나 다치지 않도록 근육 운동을 하기로 했습니다. 귀찮아서 자주 거르던 식사도 하루 세 끼 건강하게 먹기로 했습니다. 너무 힘들고 힘이 없어서 체력을 기르러 갔는데, 첫날 하루 운동하고서 오히려 힘이 다 빠진 것 같았습니다. 이후 며칠은 몸살에 근육통까지 찾아왔습니다. 그러다 보니 헬스장에 가는 길이 걱정되고 두려웠습니다. 그래도 이번에는 건강을 위해 꾸준히 해 보겠다고 마음먹고 시간 나는 대로 부지런히 운동하러 갔습니다.

"이건 엄마 운동하려고 산 거야."

아이들이 궁금해하는 택배 상자를 뜯어 폼롤러와 아령을 꺼냈습니다. 운동하러 가지 못한 날에는 폼롤러와 아령으로 간단하게 운동을 하고 잤습니다. 한 달이 지나자 헬스장에서 열심히 운동하고 집으로 돌아갈 때 힘은 없어도 몸과 마음이 개운하고 힐링되는 느낌을 받았습니다. 어떨 땐 PT를 받으며 너무 힘들어서 울면서 운동을 한 적도 있습니다.

이렇게까지 해야 하나 싶은 생각이 들다가도 막상 땀을 뻘뻘 흘린 후 개운하게 씻고 집에 돌아오면 기분이 좋았습니다.

"엄마, 운동하러 가? 잘 다녀와."

몇 달이 지나자 가방을 챙기기 시작하면 아이들이 먼저 인사하곤 했습니다. 덕분에 아이들을 두고 외출하는 것에 대한 걱정 없이 홀가분하게 운동을 다녀올 수 있었습니다. 두 달 동안 체지방이 2kg 줄고, 근육량은 1kg 늘었습니다. 몸이 가벼워지고 자꾸 움직이다 보니 체력도 좋아져서 힘든 마음도 덩달아 사라지고 있었습니다. 무엇보다도 온전히 저에게만 집중하는 시간이 생기니 정신적으로도 건강해지고 있음이 느껴졌습니다.

운동하기 전에는 아이들 저녁을 차려 주고 나면 밥 챙겨 먹기가 귀찮아 하루 한 끼만 먹거나 선식으로 대충 때우는 일이 많았습니다. 그런데 건강하게 채소와 고기를 섞어 챙겨 먹으니 기운이 나고 속도 편안했습니다.

매번 힘들다고 화내고 짜증만 냈지, 그 상황을 벗어나기 위해 아무것도 하지 않았다는 걸 깨달았습니다. 체력이 부족하다면 체력을 길러야 하는데 밤에 자꾸 맥주만 마셨습니다. 더는 투정 부리지 않고 벗어나기 위해 해야 할 노력을 하나씩 실천하고 있습니다.

'힘들다고만 하지 말고 힘들지 않기 위해 방법을 찾고 움직이자.'

'몸도 마음도 건강한 엄마가 되기!'

"어머니, 혹시 어디 가셨어요?"

토요일 아침, 둘째가 좋아하는 체육 수업에 가기 위해 아이를 깨웠습니다. 일어나기 싫었는지 가기 싫다고 말하는 아이를 살살 달래서 아빠와 함께 보냈습니다. 잠시 후 학원 선생님한테 연락이 왔습니다. 아빠랑 아이가 안 보인다는 것이었습니다.

"어디야? 수업 안 갔어?"
"집에 돌아가고 있어."

전화기 너머로 한껏 화가 난 남편의 목소리와 아이의 울음소리가 들렸습니다. 아이가 피곤해서 그런지 계속 고집을 부려서 집으로 돌아오고 있다고 했습니다. 남편은 앞으로 고집을 부리지 않을 때까지 학원에 보내지 말자고 했습니다.

최근 몇 주간 아침마다 학원 가기 싫다고 더 자고 싶다고 말하던 아이의 모습과 매일 아침 아이를 준비시키느라 힘들었던 제 모습이 함께 떠올랐습니다.

'이참에 주말 수업을 다 그만둘까?'

집으로 돌아와 잠시 쉬고 나서 기분이 좋아진 아이는 아빠에게 아까 고집부려서 미안하다고 사과한 뒤 웃으며 하루를 보냈습니다. 하지만 저는 다음 날까지 머릿속에 계속 물음표가 떠다녔습니다.

'아이랑 주말을 어떻게 보내는 게 맞을까? 학원을 계속 보내는 게 맞을까?'

생각할수록 계속 보내야 할 이유를 찾지 못했습니다. 그만둔다고 해서 아이들에게 큰 영향을 줄 것 같지는 않았습니다. 솔직히 아이들을 학원에 보내고 나면 아이들은 뭔가를 배우고, 저는 잠깐씩 자유시간을 가질 수 있어 좋았던 점도 있습니다.

 우리의 일주일을 돌아보면, 평일엔 아침 일찍 일어나 학교에 가고, 다녀오면 학원에 가고 밤에 숙제한 뒤 잠자리에 듭니다. 주말에도 학원에 간다고 아침부터 일어나야 합니다. 이 모든 게 무엇을 위한 것이지 의문이 들었습니다. 지금 아이들에게 필요한 건 어쩌면 주말에라도 실컷 잠을 자고, 뒹굴뒹굴하며 놀 수 있는 시간일지도 모릅니다. 그리고 바쁜 일상에서 가족이 함께하는 시간이 부족하다는 생각도 들었습니다.

 '이제 주말에 가족이 함께하는 시간을 만들어야겠어.'

 그만두는 게 맞는 것 같아 토요일 학원을 모두 정리했습니다. 그러고는 토요일 아침에 아이들과 실컷 늦잠을 잤습니다.

 "아, 좋다."

 오전 11시, 늘어지게 자고 다 같이 침대에 누워 뒹굴뒹굴

하고 있었습니다. 그러자 아이들이 너무 좋다며 편안하게 기지개를 켜는데 저도 마음이 편안했습니다. 함께 집에서 쉬기도 하고 한 번씩 등산도 다니고 도서관에도 갔습니다. 학원에 다닐 때는 여행 가는 것도 부담스러웠는데, 이제는 그런 부담 없이 가고 싶은 곳으로 여행도 다녀왔습니다.

"야호, 오늘 금요일이다! 숙제 없는 날!"

한 번씩 금요일 저녁을 공부 없는 날로 정해 실컷 놀고 TV도 보고 숙제도 안 했습니다. 빠르게 급하게만 지내는 일상 속에서 천천히 여유를 누릴 시간도 필요했습니다. 저녁마다 숙제를 안 하면 뭔가 안 하는 것 같은 불편한 마음에 놀면서 스트레스를 받던 아이들도 이젠 당당히 논다고 말합니다.

"킥보드 타러 가자!"
"줄넘기도 할래!"
"엄마, 나랑 배드민턴 치자!"

킥보드와 다양한 기구를 챙겨 동네를 돌아보고 근처 공원에서 땀을 흘리며 놀았습니다. 해가 지면 걸어 나가 외식을 하고, 부른 배를 꺼트릴 겸 집 앞 놀이터에서 잡기 놀이를 하다가 집으로 돌아왔습니다. 깨끗이 샤워하고 침대에 누우면 함께 보낸 하루가 참 좋았습니다. 특히 아이들의 마음에 여유가 생기는 게 느껴져 감사했습니다.

"엄마, 안방으로 와 봐!"

"엄마 지금 바빠."

여러 번 말했는데도 아이들은 매번 침대 위에서 이불과 베개를 쌓아 놓고 놀았습니다. 이불로 텐트를 만들고, 베개로 썰매를 만들어 타고, 이상하게 조용해서 가 보면 안방 서랍 속 물건을 다 꺼내서 엉망을 만들어 놓았습니다. 화낼 힘도 없어서 그냥 쳐다만 보고 다시 부엌으로 돌아왔습니다. 한숨을 푹푹 내쉬며 설거지하고 있는데, 아이들이 자꾸 저를 불렀습니다.

"한 번만 와 줘!"

"무슨 일인데."

계속 부르길래 고무장갑을 벗어 놓고 방으로 들어갔습니다.

　"짜잔! 우리가 정리했어!"
　"엄마, 엄마가 하지 말라고 말했는데 오늘 또 놀아서 미안해. 다음부턴 이불 가지고 안 놀게요."

　아이들은 제 기분을 풀어 주기 위해 열심히 방을 정리했다고 밝게 웃으며 말했습니다. 깨끗이 정리된 방을 보는데, 너무 감동적이었고 고마웠습니다. 매일 말해도 소용없다고 생각했는데, 아이들은 다 알고 있던 겁니다. 제가 쳐다만 보고 가자 아이들은 제 마음을 느끼고 먼저 손을 내밀어 준 것입니다. 저만 아이들을 돌보는 게 아니라, 아이들도 저를 이해하고 감싸 주는 것 같았습니다.

　"너무 고마워. 믿을게."

　힘껏 안아 주니 더 깔깔 웃는 아이들을 보면서 힘들어도 잘하려고 노력해야겠다고 다짐했습니다. 엄마가 아이들을 어떻게 바라보느냐에 따라 아이들에게서 나는 냄새가 다르다는 글을 본 적이 있습니다. 아이들을 보면서 안 될 거라고 생각하기보다는 믿는다는 마음으로 바라보기로 했습니다. 같은 행동이 반복되더라도 마지막에 반성하고 안 그런다고 하면 언제나 믿는다고 말해 주었습니다.

"우리는 함께 살기 때문에 서로 조금씩 맞춰 가며 살아야 해. 엄마도 안 그러고 싶을 때가 있지만, 너희가 말해 주면 고치도록 노력할게. 뭐든지 한 번에 바로 되는 건 없잖아. 엄마도 너희를 기다려 주고, 너희도 엄마를 기다려 주는 거야."

우리는 각자 한 명의 사람으로서 서로 존중하고 맞춰 나가기로 했습니다. 함께 좋은 방향으로 나아가는 가족이 되고 싶었습니다. 제 생각이 아이가 보기엔 강요가 될 수도 있고 생각이 다를 수 있다는 점을 인정하면서부터 모든 상황이 정리되기 시작했습니다.

"오늘도 잘해 보자."

매일 아침, 양팔로 아이들을 꼭 안아 주며 에너지를 충전하고 다짐하며 하루를 시작했습니다. 매일 해가 뜨듯이 아이들도 매일 새로운 하루를 보내면서 조금씩 성장하고 있음을 느낍니다. 같은 말을 반복할 때마다 '도대체 언제쯤 내 말을 들어줄까?' 하고 힘들어하기도 했지만, 오늘 하루만 더 노력하면 또 새로운 하루가 그 노력으로 채워지고 사랑으로 성장하는 것이 점점 보였습니다. 아이들이 힘들어도 다시 일어설 수 있는 단단한 마음을 가지길 바라는 만큼, 저부터 힘들어도 다시 일어나는 모습을 보여 주기로 했습니다.

'엄마도 언제든지 다시 일어나려고 노력할게.'

아이들과 보내는 하루하루가 반복되는 일상처럼 보이지만, 그 속에서 우리는 함께 성장하고 있었습니다. 서로의 실수를 이해하고, 때로는 지치고 힘들어도 계속해서 나아가고 있습니다. 매일의 도전 속에서 우리는 진정한 가족이 되어 가고 있습니다.

'내일도 함께 다시 시작해 보자.'

5부
아이와 함께 행복한 하루를 보내는
마음가짐

다짐,
처음 아이를 기다리던 마음

"엄마, 나 이제 졸려. 잘래."

아이가 졸린 눈으로 저를 바라보며 조용히 속삭였습니다. 침대에 눕히고 조용히 이불을 덮어 준 뒤 토닥토닥하니 금세 잠들었습니다. 아이는 잠잘 때가 제일 예쁘다는 말처럼 곤히 자는 얼굴이 너무 사랑스럽게 느껴졌습니다. 자는 아이의 머리카락을 넘기며 문득 그때의 기억이 떠올랐습니다.

'언제쯤 아이가 생길까.'

유산을 겪고 아이를 준비하며 매달 마음을 졸였습니다. 첫 임신확인서를 받고 얼마나 기뻤는지 모릅니다. 태명을

정하고 배를 만지며 어색하게 불러보고, 한 번씩 태동이 느껴질 때마다 만날 날을 고대했습니다. 예정일이 거의 다 됐을 때까지도 혹시나 하는 마음에 그저 건강하게 무사히 제 품에 안기기만을 간절히 바랐습니다. 하지만 시간이 지나면서 밤잠을 설치게 만드는 아이의 투정과 끊임없이 요구하는 아이의 보챔에 혼자 있고 싶다는 마음이 커져 갔습니다. 함께하는 시간이 길어지고 점점 자신만의 생각이 자라는 아이들과 부딪히면서 그 마음을 잊고 지냈습니다.

"엄마, 나 이것 좀 해 줘."

아이의 요구가 이어질 때마다 여전히 힘들고 지친 마음이 들기도 합니다. 하지만 그럴 때마다 초심을 기억하려고 합니다. 제가 그토록 간절히 원했던 순간이 바로 지금이니까요.

"그래, 엄마가 해 줄게."

피곤한 몸을 이끌고 한 번 더 움직여 봅니다. 아이가 제 곁에 있다는 자체만으로도 얼마나 감사한 일인지 다시금 깨닫습니다. 아이가 감기로 아플 때마다 까불어도 좋으니 얼른 낫기만을 바랍니다. 아이를 키우는 시간 중에서 가장 행복한 순간은 바로 평범한 일상입니다. 힘든 순간마다 스스로 되뇝니다.

'이 시간은 내가 간절히 원했던 순간이다.'

"현아~ 엄마 봐봐."

아침에 이름을 부르고 볼에 뽀뽀해 주면서 살살 깨우면 눈을 감고도 환하게 웃어 주는 모습이 너무 좋습니다. 팔에 안고 얼굴을 지그시 쳐다보고 있으면 살짝 눈을 뜨며 웃어 주는 아이. 그냥 웃는 게 아니라 하회탈처럼 환하게 웃어 주는데, 귀엽고도 사랑스러워 저도 함께 얼굴에 주름이 가도록 환하게 웃어 줍니다. 그렇게 하루가 기분 좋게 시작될 때가 많습니다. 매일 아침 알람이 울리면 알람을 끄고 제 품에 쏙 안기는 아이들을 꼭 안고 다리를 주물러 주며 깨웁니다.

"엄마 사랑해."

이런 순간마다 행복이 가까이 있다는 걸 느낍니다. 서로의 웃는 표정 하나만으로도 기분 좋은 하루를 시작할 수 있다는 게 가족이기에 가능하다는 걸 알게 되었습니다.

"그렇게 웃어 주니까 오늘은 좋은 하루가 될 거 같아."

시간이 없을 땐 아주 잠시라도 환한 미소와 함께 '잘 잤어?' 인사하며 서로를 안고 하루를 시작합니다. 그러고는 빠르게 흩어져 화장실에 가거나, 씻거나, 아침을 준비하는 등 각자 할 일을 합니다. 아침에 일어나 서로를 쳐다보며 환하게 웃어 주는 것은 행복한 하루를 보낼 에너지를 줍니다. 늦잠을 자거나 급할 때는 거르기도 하지만 웬만하면 아침을 기분 좋게 시작하려고 합니다. 그 시작은 환한 미소로 서로를 바라보는 것만으로도 충분합니다. 꼭 아침이 아니더라도 언제든 아이들을 불러 보세요.

"우현아~ 서현아~"

아무 이유 없이 이름을 부르고 활짝 웃어 주면 아이들이 질문합니다.

"엄마, 왜?"

"그냥 너희가 너무 좋아서."

미소만 보내도 우리만의 암호처럼 똑같이 웃어 주고 달려와 엄마를 안아 주는 아이들.

미소 하나만으로 행복해집니다.

경청,
진심으로 들어 주기

"엄마는 오빠 말만 들어 주고!"
"엄마는 서현이 말부터 들어 주고!"

세 살 터울 남매 사이에서 가장 힘든 것은 두 명이 동시에 말하는 것입니다. 엄마에게 하고 싶은 말이 많아서인지 동시에 말하면 누구 말에 먼저 대답해야 할지 고민했고, 서로 먼저 말하겠다고 싸운 적도 많습니다. 누군가에게 먼저 대답하면 나머지 한 명은 꼭 삐집니다.

"가위바위보 하자."

한동안은 너무 싸워서 가위바위보를 하기도 했지만, 먼저 말을 시작한 아이의 이야기가 끝나기도 전에 또 삐집니다. 이야기할 때 서로 자기 얼굴을 쳐다보고 말하라며 양쪽에서 제 얼굴을 당기기도 했습니다.

"엄마 미워."
"이제부터는 이야기하지 말고 그냥 자야겠다."

며칠간은 이야기하지 않고 잤지만, 어느새 다시 이야기가 시작되었습니다. 진지하게 사람들 간의 대화 예절도 가르쳐 주며, 자기 말만 하면 안 되고 서로의 이야기를 들어주어야 한다고 일러 주었습니다. 그러다 보니 조금씩 차례를 지키고 서로의 이야기를 들어 주면서 우리만의 대화 규칙이 생기기 시작했습니다. 누군가 속상했던 이야기를 하면 나머지 두 사람이 위로해 주고, 아이들이 저에게도 어떤 하루를 보냈는지 물어보며 대화하게 되었습니다.

첫째가 학교와 학원에서 만나는 사람이 많아지면서 이런저런 상황에서 어떻게 해야 하는지에 대해 많이 이야기한 날이었습니다. 이야기를 마무리하고 자려는데 둘째가 입을 내밀고는 삐진 목소리로 말했습니다.

"흥, 엄마는 오빠 말만 많이 들어 주고."

"아니야, 오빠에게 꼭 해 줘야 하는 말들이 있어서 그랬어. 그러면 서현이도 이야기 많이 하고 자자."

첫째에게 먼저 자라고 한 뒤 둘째를 꼭 안고서 하고 싶은 이야기 다 하고 자자고 했습니다. 오빠와 셋이 대화하다 보면 언제나 이야기가 끊기고 기다리느라 서운했던 둘째가 끝까지 말할 때까지 천천히 들어 주고 대답해 주고 집중해서 들었습니다. 아이는 유치원에서 있었던 일, 어린 시절 이야기 등 사소한 것 하나하나까지 한참을 이야기했습니다. 하고 싶은 이야기를 모두 쏟아낸 아이는 그제야 하품하며 말했습니다.

"엄마, 이제 자자."

시계를 보니 평소보다 10분 정도 지난 시간이었습니다. 짧은 시간이었지만 아이는 엄마와의 대화에 만족하며 내일 또 이야기하자고 말하고는 잠들었습니다. 10분이라도 집중해서 이야기를 들어 주고 둘만의 시간도 각자 가져야겠다 싶었습니다.

"엄마, 이 포켓몬의 타입은…. 기술은…."

첫째와도 둘이 있는 기회가 생겨 이야기를 나누었습니다. 요즘에는 뭘 좋아하는지 물어보니 포켓몬스터가 재미있다고 했습니다. 어떤 포켓몬이 좋은지 왜 좋은지 이것저것 물어보니 신이 난 표정으로 모르는 기술까지 다 설명해 줄 정도로 즐겁게 대답해 주었습니다.

평소 집안일을 하거나 다른 일을 할 때면 바쁘다고 건성으로 들을 때가 많았는데, 시간만 된다면 잠시 늦어져도 아이가 하고 싶어 하는 이야기를 충분히 들어 주는 것이 꼭 필요하다는 걸 알게 되었습니다. 아이의 관심사에 관심을 가지고 집중해서 대화하다 보니, 이제는 방에 둘만 남게 되면 아이가 먼저 저에게 말합니다.

"어! 엄마, 지금 우리 둘만의 시간이야!"

격려,
자신감 키워 주기

'아이들의 장점이 보이면 바로바로 표현해 주자.'

보통 아이들 이야기를 하면 힘든 점을 자주 말하게 됩니다. 우리 아이가 뭘 해서 오늘 힘들었다고 한마디만 하면 또래 아이를 키우는 엄마들은 크게 웃으며 공감합니다. 그럴 때면 나만 그런 게 아니구나 싶어 조금은 안심되지만, 자꾸 힘들다고 말하니 더 힘들어지는 것 같았습니다.

아이의 단점보다 장점을 찾아 적어 보려고 노트를 꺼냈습니다. 막상 글로 끄려니 손이 쉽게 움직이지 않았습니다. 그래서 보일 때마다 좋은 점을 칭찬해 주기로 했습니다.

"하나 틀렸어."

아이 눈가에 눈물이 또 고이기 시작했습니다. 첫째는 시험을 치면 언제나 100점을 맞고 싶어서 하나라도 틀리면 울 때가 있습니다. 심하게 우는 날이면 어떻게 늘 100점을 맞을 수 있겠냐고 틀리기 싫으면 공부를 더 하라고 화를 낸 적도 있습니다. 오늘도 어김없이 눈물을 흘리기에 답답한 마음이 들었지만, 잠시 고민하다가 장점을 찾아 말했습니다.

"우리 현이, 잘하고 싶었구나."

잘하고 싶은 마음은 좋은 마음이라고 칭찬해 주며 속상해서 눈물이 나면 울어도 된다고, 틀린 건 다시 연습하면 다음에 잘할 거라고 말해 주었습니다. 안겨서 한참 울던 아이는 눈물을 닦고 다시 공부하기로 했습니다. 또 틀리고 울었지만 계속하다 보니 눈물도 줄어들고 점점 자기 자신을 돌아보았습니다.

"엄마, 너무 아쉽게 틀렸어. 조금 더 공부해서 다시 해 봐야겠다."

공부하다가 어려운 문제가 나와 틀려도 눈물이 조금만

고였고, 엄마 몰래 소매로 눈물을 닦고는 괜찮다고 했습니다. 그러고는 힘들어도 참고 다시 문제를 풀었습니다.

"힘들어도 꾹 참고 다시 도전하는 모습이 너무 멋있다. 이번엔 잘할 수 있을 거야."

한참을 반복해서 풀더니 다 맞히고는 뿌듯한 표정으로 바라보았습니다. 우는 모습에 화내거나 나쁘게 말하지 않고 계속 칭찬해 주니 더 힘내서 결국 해내는 아들. 스스로 뿌듯해하는 모습을 보니 잘 성장하고 있는 게 느껴졌습니다.

"거봐, 역시 해낼 줄 알았어. 우리 현이 너무 대견해."

"엄마, 기다려 줘."

아침마다 등원 길에 어떤 구두를 신을지 고민하는 둘째를 볼 때마다 마음이 조급해집니다. 운동화 하나만 신는 첫째와 달리, 매일 신발을 고르는 둘째의 모습이 처음엔 적응하기 어려웠습니다. 현관 앞에서 1분, 2분 시간이 흐르면 버스 시간에 늦을까 봐 얼른 골라서 신으라고 말하게 됩니다. 어느새 빨리 나가려고 현관문 손잡이를 잡고 있는 저를 보면 아이도 불안한지 기다려 달라고 했습니다.

"알았어, 먼저 안 갈 테니까 빨리 골라 신어!"

살짝 짜증 섞인 말투에 아이의 얼굴에서 미안함과 당황

스러움이 보였습니다. 예쁘게 보이고 싶어 신중하게 선택하는 것인데 엄마가 그 마음을 몰라준다고 느끼는 것 같았습니다.

"괜찮아, 아직 5분 남았으니까 마음에 드는 걸로 골라 봐. 엄마가 신겨 줄까?"

목소리 톤을 바꾸자 그제야 마음이 놓이는지 좋아하는 빨간 구두를 골라 신고 미소를 지으며 집을 나왔습니다.

"엄마, 기다려 줘서 고마워."

기다려 줘서 고맙다는 아이의 말에 저는 아직도 멀었구나 싶었습니다. 버스 문이 닫히고 출발하는 동안 아이는 창밖으로 열심히 손을 흔들었습니다. 작은 손을 머리 위로 올려 하트를 만드는 모습이 얼마나 예쁜지, 아침의 조급함은 어느새 사라지고 따뜻한 감정이 가슴 속에 피어올랐습니다.

'서현이의 속도에 맞추는 게 그렇게 어려운 일도 아닌데.'

집으로 돌아오는 길에 생각했습니다. 아침에는 왜 그렇게 급히 움직여야 한다고 느꼈는지, 시간에 쫓겨 기다려 주는 것이 참 힘들게 느껴졌습니다. 하지만 앞으로는 기다릴 수 있는 만큼 기다려 주기로 했습니다.

"엄마, 나 다 신었어! 내 구두 어때? 예쁘지?"
"그럼, 우리 딸이 신으니까 더 예쁘네!"

엄마의 대답에 활짝 웃으며 만족스러워하는 아이의 표정을 보며 시간이 조금 더 걸리더라도 아이의 마음을 이해하고 기다려 주는 것이 엄마의 사랑이라는 것을 알게 되었습니다.

"엄마, 내일은 어떤 신발 신을까?"
"우리 같이 골라 볼까?"

정말 급할 땐 시간이 없으니 얼른 신으라고 할 때도 있지만 가능하면 기다려 줍니다. 그래서 그런지 이제는 바쁠 때 알아서 얼른 고릅니다. 서로의 마음을 맞춰 가며 그 속에서 아이를 기다려 주는 마음의 여유를 잃지 않으려 합니다.

긍정,
특별한 말 전하기

"행운의 네잎클로버다!"

어느 날 학원에서 편지와 함께 네잎클로버를 코팅한 선물을 받았습니다. 그 순간부터 아이들은 그 클로버를 행운의 상징으로 여기기 시작했고, 어디 갈 때마다 소중히 가지고 다니며 조용히 소원을 빌곤 했습니다.

"어! 엄마, 아까 내가 소원 빌었는데 진짜 맞았어!"

길이 막혀 차가 움직이질 않아 모두 답답해하던 중 갑자기 흐름이 좋아지자 아이들은 자기가 소원을 빌었기 때문이라며 기뻐했습니다. 이 일이 있고 나서부터 아이들은 바라는 일이 이루어질 때마다 네잎클로버의 힘이라고 믿게 되었습니다. 첫째가 좋아하는 포켓몬스터 게임을 할 때도, 원하던 아이템이 나왔을 때도 "내가 소원을 빌었더니 이루어졌어!"라고 말했습니다. 빵집에 좋아하는 빵이 남아 있는 걸 보고도 네잎클로버 덕분이라고 좋아했습니다.

"엄마한테는 너희가 행운의 네잎클로버야, 행운의 사랑들."

이 말에 아이들은 눈이 반짝이며 무척 좋아했습니다. 이후로도 운이 좋은 날이면 자신들이 행운을 가지고 있기 때문이라고 생각했으며, 일상에서 작은 일이라도 잘 풀리면 자기의 행운 덕분이라고 믿기 시작했습니다. 주차장에 운 좋게 자리가 있는 날에도, 무슨 일이 잘 안 풀리더라도 결국엔 '우리 운 좋았다'로 마무리하는 모습이 참 귀여웠습니다.

한번은 여행을 갔는데, 아이들이 가고 싶어 했던 곳에 문이 닫혀 있었습니다. 혹시 아이들이 울거나 고집을 부리지는 않을까 걱정했는데, 전혀 실망하지 않고 웃으며 말했습니다.

"괜찮아, 우리한테는 행운이 있으니까 다른 재미있는 일이 생길 거야!"

아이들의 긍정적인 반응에 놀라워하며, 함께 다른 곳을 찾아보기로 했습니다. 다행히 근처에서 축제가 열리고 있었습니다. 그곳에서 맛있는 것도 먹고, 에어바운스 놀이도 실컷 하면서 즐거운 시간을 보냈습니다.

"오늘도 운이 좋았어!"

이제 아이들은 자기 자신을 행운의 상징으로 여기고, 작은 일에도 기쁨을 느끼며 긍정적인 마음을 가지게 되었습니다. 작은 말 한마디가 아이들의 자존감을 높여 주고, 세상을 더 밝게 바라보도록 도와주었습니다.

"엄마도 행운의 엄마야."

아이들이 환한 미소와 함께 건네는 이 말에 큰 힘을 얻습니다. 주고받는 대화 속에서 더 가까워지며, 하루의 작은 기쁨을 나누고 있습니다.

"같이 밥 먹자."

어릴 땐 여기저기 돌아다니면서 밥을 먹어서 한 숟가락이라도 더 먹이려고 따라다니며 먹였습니다. 이제는 두 아이 모두 식탁에 앉아서 밥을 먹을 만큼 자랐습니다. TV를 보면서 먹으면 안 되냐고 고집부리기도 했지만, TV를 끄고 함께 밥을 먹기로 했습니다.

"오늘은 어떤 일이 있었어?"
"아빠, 나 오늘 이거 했다."

처음엔 후다닥 밥 먹고 TV를 보려고 빠르게 먹었습니다. 하지만 자연스럽게 하루 동안 있었던 이야기를 하면서 식사 시간이 생각을 공유하고 공감하는 시간이 되었습니다.

"엄마, 이 반찬 너무 맛있어."
"정말? 많이 먹어. 밥 더 줄까?"

같이 밥을 먹으면서 편식이 심하던 아이들은 반찬을 하나씩 맛보기도 하고, 엄마 아빠가 목이 마르다고 하면 얼른 컵을 꺼내 물을 떠다 주기도 했습니다. 몇 개월이나 남은 생일날 받고 싶은 선물이 매번 바뀌어서 웃음이 터지기도 하고, 속상했던 일을 말하기도 했습니다.

"어? 아빠는 벌써 다 먹었어?"

밥을 빨리 먹는 아빠를 보며 놀래는 아이들의 모습과 남편의 표정에서 힘든 하루를 위로받는 것 같습니다.

"복숭아 먹자."
"맛있겠다. 엄마, 아빠 자 받아."

식사를 마치고 맛있는 복숭아를 깎아 다 같이 거실에 앉았습니다. 올림픽 경기를 보며 응원하는 동안 아이들은 포크를 꺼내 복숭아를 하나 찍어 엄마와 아빠에게 건네줍니다. 아이들의 작은 행동 하나에도 사랑과 배려가 담겨 있습니다.

　"이젠 우리가 다 먹는다!"

존중,
각자 자신만의 시간 가지기

"엄마는 이제 좀 쉴게."

저녁 설거지를 끝내고 나면 아이들이 함께 놀자고 다가옵니다. 처음에는 아이들과 놀아 주었지만, 시간이 지나면서 각자 혼자 보내는 시간도 필요하다는 걸 느꼈습니다. 그래서 아이들에게 말했습니다. 엄마도 함께 놀아 주고, 씻겨 주고, 밥하고, 설거지까지 다 마친 후에는 30분이라도 혼자 있는 시간이 필요하다고.

첫째가 초등학생이 되고 나니 혼자 책을 읽거나 자신만의 시간 보내는 걸 더 좋아하게 되었습니다. 아직 유치원생인 둘째는 계속 놀아 달라고 하지만, 저도 혼자만의 시간이 필요하다고 말했습니다.

"30분만 각자 하고 싶은 거 하자."

처음에는 얼마 못 가 다시 놀아 달라고 했지만, 시간이 지날수록 아이들도 각자 자신만의 시간을 즐기는 방법을 조금씩 배우기 시작했습니다. 첫째는 좋아하는 포켓몬 그림을 따라 그리고, 원하는 게임을 하며 시간을 보내기도 합니다. 최근에는 그리스-로마 신화 관련 책에 푹 빠져서 방 안에서 혼자 몇 권이고 읽은 후 기분 좋은 표정으로 나옵니다.

"엄마, 이거 봐 봐."

놀아 달라고 조르던 둘째도 커다란 네모 블록을 꺼내 자기만의 놀이터를 만들고, 인형을 줄지어 놓고 재미있게 놀기 시작합니다. 유치원 가방에서 숙제를 꺼내 스스로 해내고, 다 했다고 보여 주기도 합니다.

"어? 혼자 숙제도 다 했네!"

아이들이 스스로 시간을 보내면서 저도 혼자만의 시간을 조금씩 누리게 되었습니다. 육아하면서 혼자 보내는 시간을 가질 수 없어 힘들 때가 많았는데, 하루 중 30분이라도 혼자 조용히 책을 꺼내 읽으니 마음의 여유가 생기는 것 같습니다.

'책 한 권 다 읽었다.'

책조차 마음대로 못 읽는다며 답답해했지만 짬짬이 시간을 내어 읽다 보니 생각보다 책을 읽을 시간이 많았습니다. 처음부터 끝까지 집중해서 읽지는 못하지만 현재 상황에 맞게 조금씩 읽어도 큰 무리가 없었고, 저도 여유가 생기니 자연스럽게 화도 줄어들었습니다. 가끔은 새벽에 일어나 조용히 책을 읽기도 했습니다. 하루 중 저만의 시간을 갖는 날과 그렇지 않은 날의 차이가 크게 느껴졌습니다. 이제 엄마에게 조금만 시간을 달라고 하면, 아이들도 각자 알아서 하고 싶은 걸 찾아서 놉니다. 혼자 있을 때도 함께할 때도 모두 필요하다는 걸 알았습니다.

"나 따라 해 봐요!"

저녁 시간이 되면 우리는 함께 스트레칭을 합니다. 첫째
가 먼저 머리 위로 둥글게 팔을 올리며 따라 해 보라고 합
니다. 간단한 동작이지만 온 가족이 함께 하다 보면 신기하
게도 웃음이 나옵니다.

"이번에는 내 발레 동작 따라 해 봐!"
"태권도도 할 거야."

둘째는 자기가 배운 발레 동작과 태권도 자세를 보여 줍
니다. 점점 더 어렵고 웃긴 동작을 해 보라고 도전하면서 서
로 따라 하기 놀이를 계속합니다. 그렇게 따라 하고 웃기를

반복하다 보면 어느새 30분이 훌쩍 지나갑니다.

'띵 디리딩딩 띵 디리리링!'

빨래 건조가 완료되었다는 알람이 울리면 아이들은 활짝 웃으며 거실에 자리를 잡습니다. 빨래를 꺼내 오면 첫째는 수건을 골라 종류별로 분류하고, 둘째는 옆에서 네모 모양으로 수건을 접기 시작합니다. 처음에는 서투르던 작은 손들이 이제는 놀라울 만큼 빠르고 능숙해졌습니다. 수건이 하나하나 깔끔하게 정리되는 모습을 보니 아이들이 잘 성장하고 있는 것 같아 흐뭇한 미소가 지어집니다.

"엄마, 우리 잘했지?"
"그럼, 사랑들 정말 잘했어. 함께 하니까 금방 했어!"

마지막으로 수건을 제자리에 넣어 두고 나면, 저도 아이들도 할 일을 마친 듯한 뿌듯함을 느낍니다. 평범한 일상이지만 할 일을 함께 나누고 서로의 시간을 공유하는 순간은 단순히 집안일을 하는 시간이 아니라 함께하는 소중한 시간입니다.

혼자서 할 때는 '언제 다하지? 할 일이 왜 이렇게 많은 거야'라고 생각했지만 이제 더는 부담스러운 일이 아닙니다.

　"힘들어. 엄마, 나 이거 언제까지 개야 해?"

　가끔 힘들다고 할 때는 쉬어도 된다고 말해 줍니다. 그러면 꼭 다가와서 '힘들어도 도와줄게'라며 다시 자리를 잡고 활짝 웃으며 도와줍니다. 함께 웃고, 함께 일하고, 서로 도와주는 이 시간이 우리를 더 단단하게 만들어 주는 것 같습니다. 저도 아이들도 함께 배우고 성장하며, 매일매일 조금씩 더 행복해지고 있다는 걸 깨닫습니다.

　"너희랑 함께하는 이 시간이 정말 소중해."

"엄마 점점 화가 날랑 말랑 해."

자연스럽게 감정을 표현하는 것, 그리고 나는 어른임을 잊지 않는 것. 이것이 제가 육아를 하면서 배운 중요한 교훈입니다. 이제 아이들도 엄마가 언제 화가 나는지 알게 되었습니다. 그리고 화가 날 것 같으면 미리 말해 주기도 합니다.

"안 돼! 우리 얼른 정리하자!"

엄마의 한마디에 거실을 정리하고 싸움을 멈추는 아이들. 그러면 제 마음도 금세 차분해지고, 더 이상 화를 내지 않게 됩니다. 솔직하게 감정을 말하니, 아이들도 제 마음을 이해하고 상황을 바로잡으려 노력합니다. 모두가 더 평화로운 시간을 보낼 수 있게 되었습니다.

하지만 여전히 실수나 오해로 저도 모르게 짜증과 화를 낼 때가 있습니다. 어느 날 아이를 학원에 데려다주고 차에 둔 가방을 가지고 올라와야 하는데 깜빡하고 두고 왔습니다. 밤이 되어 가방이 없다는 걸 알아챈 저는 아이가 어딘가에 놓고 온 줄 알고 화를 냈습니다. 그러자 아이는 엄마가 차에서 가져오지 않은 것 같다고 말했습니다.

"아, 맞네. 미안해. 네가 안 가져온 줄 알고 화를 내 버렸어. 정말 미안해. 내가 얼른 차에 가서 가져올게."
"괜찮아, 엄마. 다녀와."

저의 사과에 오히려 웃으며 괜찮다고 말하는 아이의 모습을 보면서 실수를 인정하고 솔직하게 사과하는 것이 얼마나 중요한지 깨달았습니다. 아이에게 화를 내지 않아야 했다는 사실이 마음에 남아 다음에는 더 조심하자고 다짐했습니다.

이제는 화가 날 때, 아이들의 엄마라는 사실을 다시 한번 떠올립니다. 화가 날 것 같으면 곧바로 화내기보다는 한 템포 쉬거나 잠시 말을 멈추고, 나쁜 말이 나가려는 것을 참으려고 노력합니다. 물론 때때로 참지 못하고 화를 낼 때도 있습니다. 아이들도 유독 많이 화낼 때가 있습니다. 그럴 때마다 저 자신을 돌아봅니다.

'내가 요즘 화를 많이 내고 있는가 보다.'

둘째가 여섯 살이 되면서 조금씩 엄마한테서 떨어져 자립심을 키워 가고 있습니다. 덕분에 몸도 마음도 편해졌지만, 한편으로는 괜히 아쉬운 마음이 들어 먼저 놀자고 합니다. 힘들 때도 많지만 아무리 힘들어도 아이들이 환하게 웃으며 "엄마 너무 좋아!"라고 말하면, 모든 힘듦이 사르르 사라지고 다시 열심히 살아야 할 이유를 찾게 됩니다.

'우리 아이들의 엄마라서 행복하다.'

언제쯤 제대로 자 보냐며 힘들어했던 날이 이제는 지나간 추억처럼 느껴집니다. 이젠 꼭 안고 자도 조금만 있으면 제 팔이 불편한지 아이들 스스로 베개를 찾아 굴러갑니다. 그렇게 바라던 떨어져서 자는 순간이 왔지만, 다시 아이를 떼구루루 굴려 양팔로 꼭 안습니다. 이마에 뽀뽀를 해 주고

편안하게 자는 얼굴을 보면서, 아이들에게 이런 존재가 될
수 있다는 사실에 참 감사한 마음이 듭니다.

저를 사랑해 주는 것이 참 고맙습니다. 제가 아이들을 돌
본다고 생각했는데, 오히려 아이들이 저를 용서해 주고 이
해해 줄 때가 많습니다. 아이들에게 주는 사랑이 더 크다
고 생각했는데, 어쩌면 제가 받는 사랑이 훨씬 큰지도 모
르겠습니다.

"어? 엄마 우리 오늘은 화 안 냈다. 예!"

여전히 노력 중이지만, 지금이 제일 좋은 때인 것 같습니
다. 사랑하는 아이들과 행복한 하루를 보내기 위해 매일 평
범하게 서로 맞춰 가며 지내고 있습니다.

서로의 감정을 존중하고, 솔직하게 표현하며 함께 성장
하고 있습니다. 그리고 그 과정에서 저는 진정한 엄마로서
의 역할을 조금씩 더 배워 가고 있습니다.

"우리 사랑들, 정말 정말 사랑해. 고마워."

'좋은 엄마가 되고 싶다.'

처음에는 모든 것이 낯설고 힘들었습니다. 아이를 제대로 돌보고 있는 건지, 혹시나 아이의 삶에 잘못된 영향을 주진 않을지 걱정했습니다. 모든 엄마가 그렇듯이 저 역시 완벽한 엄마가 되고 싶었습니다. 하지만 완벽하게 해낼 수 없음에 점점 지쳐 갔고 자꾸 화가 나기 시작했습니다. 세상이 엄마에게 너무 많은 걸 바라는 것 같다는 생각도 했습니다. 모든 걸 완벽하게 해내야 한다고 강요받는 느낌이었으니까요.

'저는 왜 이렇게 육아가 힘들까요?'

왜 자꾸 화가 나는지, 힘들고 답답한지 답을 찾고 싶었습니다. 이 사람의 말을 들으면 이게 옳아 보이고, 저 사람의 책을 읽으면 저게 맞는 것 같았습니다. 정작 제가 뭘 원하는지, 어떤 방향으로 나아가야 하는지 몰랐습니다. 스스로 중심을 잡지 못하고 계속 흔들렸습니다.

'내 선택이 진짜 맞을까?'

늘 마음이 불안하고 앞날이 막막하게 느껴졌습니다. 제 선택이 옳은지, 아이들에게 좋은 영향을 미칠지 확신할 수 없었습니다. 책을 찾아 읽기도 하고, 검색도 해 보고, 답답한 마음에 누워서 눈물도 흘렸습니다. 끊임없이 고민하며 더 나은 엄마가 되기 위해 노력했지만 그 과정이 참 어려웠습니다.

'내 삶에 책임을 질 수 있는 사람이 되자.'

아이들을 키우며 책임감 있는 엄마가 되고 싶었습니다. 인생은 늘 선택의 연속이고, 선택한 후에는 선택하지 않은 다른 것을 두고 후회하거나 불안해할 때도 있었습니다. 하지만 이제는 제가 한 선택을 제가 원하는 방향으로 만들어

가기로 했습니다. 뜻대로 되지 않더라도 그것이 최선이었음을 받아들이며, 저 자신에게 집중하기로 다짐했습니다.

'그 순간에 내가 할 수 있는 최선의 선택이었어.'

아직도 고민은 계속되지만, 예전만큼 흔들리거나 걱정하지 않습니다. 물론 불안할 때도 있지만 그럴 때마다 스스로 다독이며 다시 중심을 잡으려고 노력합니다. 살다 보면 중심이 바뀔 수도 있다는 것을 받아들이게 되었고, 완벽하지 않더라도 그 과정이 성장이라는 것을 알게 되었습니다. 중요한 것은 언제나 좋은 방향으로 가기 위해 노력하는 마음가짐이라는 것을 깨달았기에, 이제는 좀 더 담담한 마음으로 매일을 살고 있습니다.

'조금씩 나아가다 보면 어느새 내가 원하는 길을 가고 있을 거야.'

아이들은 존재 자체만으로도 사랑할 수밖에 없는 존재입니다. 아이를 낳지 않았다면 몰랐을 행복과 어려움, 그리고 그 과정에서 느끼는 다양한 감정을 통해 성장하는 저 자신을 느낄 수 있었습니다. 기뻐도 힘들어도 모두 감사함을 느끼는 요즘이 참 좋습니다. 물론 알 수 없는 미래가 불안하게 느껴질 때도 있고, 하루하루 미션을 해결하는 느낌으로 살 때도 있습니다. 괜히 의문이 생기고 자신감이 사라질 때도 있지만, 이제는 완벽하길 바라지 않습니다. 정답이 하나만 있는 건 아니란 사실을 알았기 때문입니다. 그저 그날그날 할 수 있는 만큼 최선을 다할 뿐입니다.

아이들은 매일 자기만의 길을 만들어 나가고 있습니다.

아이의 인생이 모두 제 손에 달려 있는 것은 아니라는 사실을 깨달았습니다. 제자리를 맴도는 것만 같고, 언제 끝날지 모를 막막함 속에서 노력해 봤자 소용없다는 생각이 들 때도 있었습니다. 화를 내고, 미안해하며 자책하고, 다시 반성하는 과정을 반복하기도 했습니다. 그러나 이제는 저 혼자 애쓰는 것이 아니라 아이들과 함께 맞춰 가며 극복해 나가고 있습니다. 그 과정 속에서 현재의 하루하루가 모두 의미 있는 날이라는 것을 배우고 있습니다. 육아는 결코 쉬운 일이 아니지만, 그 안에는 고된 날도 웃음이 가득한 날도 있습니다.

가끔 아이들과 부딪히거나 쉽지 않은 날이 찾아올 때면,

바닥까지 내려가 제가 정말 좋은 엄마인지 이게 맞는지 자책하는 순간이 여전히 찾아옵니다. 그럴 때마다 스스로 다짐하고 일어서면서 아이들과 조금씩 성장하고 있습니다.

'괜찮아, 이런 날도 있는 거야.'
'아이들과 다시 이야기해 보자.'

엄마들이 겪는 어려움과 고민은 결코 혼자만의 것이 아닙니다. 이 책을 읽는 모든 엄마가 제 이야기를 통해 자신만의 육아 중심을 찾아가고, 나만의 방식으로 아이들과 함께하는 시간을 더 깊이 느낄 수 있기를 바랍니다. 나의 육아는 무엇인지, 나를 흔들리지 않게 하는 것은 무엇인지 하나씩 발견해 가며 중심을 잡아 보세요. 그러다 보면 어느새 더 나은 엄마, 더 강한 사람으로 성장해 있을 것입니다.

항상 완벽하게 육아를 해낼 수는 없습니다. 우리에게 필요한 것은 완벽함이 아니라, 매일 조금씩 더 나아지려는 노력과 사랑입니다. 그리고 그 사랑은 우리가 이미 충분히 좋은 엄마라는 증거입니다. 저를 비롯한 모든 엄마가 이 사실을 잊지 않았으면 좋겠습니다.

"육아,

잘해 왔고,

잘하고 있고,

그리고 앞으로도 잘 해낼 것입니다."

저는 왜 이렇게 육아가 힘들까요

초판 1쇄 발행 2024년 10월 15일

지은이 마음
펴낸이 김수영

경영지원 최이정 · 박성주
마케팅 박지윤 · 여원 **브랜딩** 박선영 · 장윤희
교정·교열 김민지 **편집 디자인** 서민지 · 김은정

펴낸곳 담다 **출판등록** 제25100-2018-2호 (2018년 1월 5일)
주소 대구광역시 달서구 문화회관길 165, 대구출판산업지원센터 402호
전화 070.7520.2645 **메일** damdanuri@naver.com
인스타 @damda_book **블로그** blog.naver.com/damdanuri

ⓒ 마음, 2024

ISBN 979-11-89784-48-5 (03810)

도서출판 담다는 생각과 마음을 담은 원고 투고를 기다리고 있습니다. 작가의 꿈을 이루고 싶은 분은 이메일 damdanuri@naver.com으로 출간기획서와 원고를 보내주세요.